Толстой Сборник рассказов

푸른숲
징검다리
클래식
0 4 3

톨스토이 단편선

Толстой Сборник рассказов

레프 N. 톨스토이 지음

박형규 옮김

푸른숲주니어

'푸른숲 징검다리 클래식'을 펴내며

어린 시절, 할머니께서 조근조근 들려주시던 옛날이야기는 새로운 세상과 동하는 작은 창이었다. 상상의 날개를 달고 떠나는 창 너머 세상으로의 여행은 들어도 들어도 질리지 않는 재미와 마음속 깊은 곳을 울리는 감동을 선사해 주곤 했다. 그뿐 아니라 우리의 삶을 어떻게 꾸려 가야 하는지 곰곰이 생각해 보게 하는 지혜를 가르쳐 주었다. 말하자면 우리는 그 이야기들을 통해 '삶'을 배운 셈이다.

우리가 문학 작품을 읽어야 하는 까닭 또한 '삶을 배운다'는 점에서 크게 다르지 않다. 우리는 한 편 한 편의 문학 작품을 만나 사랑을 배우고, 우정을 배우고, 진실을 배우고, 지혜를 배운다.

그런 점에서 '푸른숲 징검다리 클래식'은 참 의미가 깊다. 오랜 세월을 거치며 각 나라의 문학사에 확고히 자리매김한 작품들을 한데 모았기 때문이다. 문학을 사랑하는 사람들이 즐겨 읽어 세계적인 명저로 일컬어지는 작품들……. 이를테면 우리 부모 세대, 아니 그 이전 세대부터 즐겨 읽었던 작품들로 많은 이들에게 삶의 의미와 가치를 일러주고, 또 '인생'이란 망망대해에서 등대 역할을 담당했던 것들이다.

세월이 흘러 사람들이 사는 모습도 달라지고 생각도 달라졌다. 그러나 시대와 장소를 뛰어넘어 변하지 않는 것이 있다. 바로 '삶'이다. 사람이 있는 곳이라면 어디든지 존재하는 삶은 항상 저마다의 무게를 떠안고 있다. 그 무게는 진실이라는 옷을 입고 문학 작품 속에 영원한 생명을 불어넣는다. 우리는 그것을 '고전'이라 부른다.

그러나 제아무리 훌륭한 고전이라 해도 독자가 읽고 소화할 수 없다면 아무런 소용이 없다. 지나치게 방대한 분량과 길고 어려운 문장은 책을 읽으려는 청소년들의 의지를 꺾을 뿐 아니라 좌절감마저 불러일으킨다.

'푸른숲 징검다리 클래식'은 바로 그러한 점을 염두에 두고 기획된 세계 명작 시리즈이다. 작품이 본디 지닌 맛과 재미를 고스란히 살리면서 우리 청소년들이 읽고 소화하기 쉽게 글을 다듬었다.

그리고 본문 뒤에는 현직 국어 교사들이 직접 쓴 해설을 붙였다. 작가나 작품에 대한 풍부한 설명은 물론, 그 작품들이 지니고 있는 현재적 의미까지 상세하게 짚어 보이고 있다. 아울러 해설 곳곳에 관련 정보를 담은 팁과 시각 자료를 배치해, 읽는 재미를 넘어 보는 재미까지 만끽할 수 있도록 했다.

아무쪼록 '푸른숲 징검다리 클래식'을 통해 우리 청소년들의 삶이 더욱더 깊고 풍성해지기를……

2006년 4월
기획위원 강혜원·전종옥·송수진

| 차례 |

기획위원의 말   004

제 1 편

일리야스

우파 현(縣)에 일리야스라는 바슈키르 인이 살고 있었다. 그는 아버지에게서 많은 재산을 물려받지 못했다. 아버지는 그가 장가를 들고 나서 딱 일 년째 되던 해에 세상을 떠났다. 그때 일리야스의 재산이라고는 암말 일곱 마리와 암소 두 마리, 양 스무 마리가 전부였다.

그러나 일리야스는 깐깐한 가장으로서 집안 살림을 조금씩 늘려 나갔다. 아내와 함께 아침부터 저녁까지 열심히 일했다. 아침에는 그 누구보다 먼저 일어났고, 밤에는 가장 늦게 잠자리에 들었다. 그 덕분에 해가 갈수록 집안 형편이 부유해졌다.

그리하여 서른다섯 해가 흐른 뒤에는 제법 많은 재산을 모았다. 말 이백 마리와 소 백오십 마리, 양 천오백 마리를 가지게 되었던 것이다. 하인들은 양을 비롯한 가축들을 쳤고, 하녀들은 암말과 암소의 젖을 짜 버터와 치즈를 만들었다. 일리야스가 이렇듯 많은 재산을 가지게 되면서 주위 사람들의 부러움을 한 몸에 사게 되었다.

사람들은 이렇게 말했다.

"일리야스는 참 행복한 사람이야. 무엇이든 많이 가지고 있으니까 죽을 염려도 없을 테지."

신분이 높은 사람들도 일리야스의 소문을 듣고는 그와 친분을 맺으려 애썼다. 먼 곳에서 손님들이 찾아왔다. 일리야스는 찾아오는 사람들을 친절히 맞아들이며 그들이 마음껏 먹고 마실 수 있게 해 주었다. 찾아온 사람이 누구든 상관없이 말젖으로 담근 술과 차, 양고기를 대접했다. 그러다 보니 손님들이 찾아올 때마다 양을 한두 마리씩 잡았는데, 손님들의 수가 많을 때는 암말을 잡기까지 했다.

일리야스에게는 아들 두 명과 딸 한 명이 있었다. 그는 두 아들을 장가들이고 딸을 시집보냈다. 집안 형편이 좋지 않았을 때는 두 아들이 그와 함께 일을 하며 말과 양 떼를 지켰다.

그러나 집안 형편이 좋아지자 두 아들은 소일 삼아 일을 하기 시작했다. 아들 한 명은 틈만 나면 술을 마셔 대었다. 결국 큰아들은 싸움을 하다 죽었고, 작은아들은 기가 센 여자와 결혼하여 아버지 말을 듣지 않게 되었다. 일리야스는 오래지 않아 작은아들을 분가시켰다.

일리야스는 작은아들을 분가시킬 때, 집 한 채와 가축 몇 마리를 주었다. 그 바람에 일리야스의 살림이 다소 줄어들었다. 그런데다 엎친 데 덮친 격으로, 일리야스의 양 떼에게 전염병이 번져 하나둘 쓰러지기 시작했다. 나중에는 가뭄까지 들어서 들판에 풀이 자라지 않았다. 그 바람에 겨우내 많은 가축이 죽어 나갔다. 그뿐만이 아니었다. 가장 훌륭한 수말이 이끄는 암말 떼를 키르키즈 인들이 몽땅 훔쳐 가 버렸다.

일리야스의 재산은 자꾸만 줄어들어 집안 형편이 차츰차츰 기울어 갔다. 그의 기력도 쇠하였다. 일흔 살이 되었을 때는 외투를 비롯해서 양탄자, 말안장, 포장마차까지 팔아야 할 지경에 이르렀다. 마침내는 마지막으로 남은 가축마저 팔게 되어 빈털터리가 되고 말았다. 어쩌다 그렇게 되었는지 알아차리지도 못하는 사이, 그의 수중에는 아무것도 남아 있지 않게 되었다.

일리야스는 늘그막에 아내와 함께 남의 집 신세를 질 수밖에 없었다. 그에게 남아 있는 재산이라고는 몸에 걸치고 있는 옷과 모자, 구두, 그리고 다 늙어 빠진 아내 쉬암-쉐마기뿐이었다. 분가한 작은아들은 먼 나라로 떠나 버렸고, 딸은 이미 죽고 없었다. 두 늙은이를 돌볼 사람은 아무도 없는 셈이었다.

이웃에 사는 무아메드쉬아흐는 두 늙은이를 무척 안쓰럽게 여겼다. 그는 가난하지도 부유하지도 않아서 이렇다 할 문제 없이 생활하고 있었다. 성격이 매우 좋은 무아메드쉬아흐는 예전에 일리야스에게 음식 대접을 받았던 일을 생각해 내고는 이렇게 말했다.

"일리야스 씨, 우리 집으로 오십시오. 할머니와 함께 우리 집에서 살아요. 여름에는 수박밭에서 힘이 닿는 대로 일하시고, 할머니는 말젖을 짜서 마유주(말젖으로 빚은 술)를 빚게 하십시오. 두 분이 먹고 입는 것은 내가 대도록 하겠습니다. 그 밖에 필요한 것이 있으시면 언제든 말씀하세요. 무엇이든 드리겠습니다."

일리야스는 무아메드쉬아흐에게 고맙다는 인사를 흰 뒤, 아내와 함께 그의 집에서 머슴살이를 하게 되었다. 처음에는 힘이 들었지만 차츰차츰 그 생활에 익숙해져 갔다. 그래서 힘이 닿는 대로 부지런히 일을 하며 살았다.

무아메드쉬아흐에게는 일리야스 부부를 하인으로 들이는 것이 여러모로 이로운 일이었다. 왜냐하면 이 늙은이들은 한때 잘 나가는 집안의 주인이었던 데다가 사리 분별이 뚜렷해서 게으름을 피우는 일이 없었기 때문이다. 다만, 한때 지체가 높았던 사람들이 한순간에 바닥으로 떨어져 버린 것 같아 보기가 딱할 뿐이었다.

한번은 무아메드쉬아흐네 집에 사돈과 함께 이슬람교도의 사제가 찾아왔다. 무아메드쉬아흐는 일리야스를 불러 양을 한 마리 잡으라고 일렀다. 일리야스는 양의 가죽을 벗기고 창자를 빼낸 다음, 통째로 구워 손님들 앞에 내놓았다.

손님들은 주인과 함께 양고기를 먹은 뒤, 양탄자 위의 보료에 앉아 마유주를 마시면서 담소를 나누었다. 일리야스는 자신의 일이 끝나자 밖으로 나가기 위해 문 쪽으로 걸어갔다.

무아메드쉬아흐가 손님에게 이렇게 말했다.

"방금 문 쪽으로 간 노인네를 보았소?"

"보았습니다."

손님은 대답을 하고 난 뒤 이렇게 되물었다.

"그 사람에게 무슨 놀라운 일이라도 있소?"

"그렇습니다, 놀라운 일이 있고말고요. 저 사람은 한때 이 고을에서 첫째가는 부자였답니다. 일리야스라는 사람인데, 혹 이름을 들어 보시지 못했습니까?"

"들어 보고말고요. 직접 만나 본 적은 없지만 그에 대한 소문은 멀리까지 나 있었죠."

손님이 말했다.

"그렇지요. 그런데 지금 저 사람은 아무것도 가진 게 없어요. 우리 집에서 머슴살이를 하고 있죠. 그의 늙은 아내도 우리 집에서 말젖을 짜고 있고요."

손님은 깜짝 놀라 혀를 끌끌 차고는 고개를 내저으며 말했다.

"그래요? 행복이라는 것은 수레바퀴처럼 돌고 도는 것인가 봅니다. 위로 올라가는 사람이 있는가 하면, 아래로 떨어지는 사람이 있으니까요. 그렇지 않습니까? 그럼 그 노인네는 요즘 자기 신세를 한탄하고 있겠군요."

"글쎄요, 그걸 어떻게 알겠습니까? 조용히 차분하게 살아가고 있어요. 일도 꽤 잘하고요."

주인의 대답을 듣고 나서 손님이 다시 물었다.

"그 노인네하고 이야기를 좀 나누어 보아도 괜찮겠습니까? 어떻게 생활하는지 물어보고 싶어서요."

"그럼요, 괜찮다마다요!"

주인은 이렇게 말한 뒤, 천막 뒤에다 대고 외쳤다.

"할아버지, 이리 오세요. 마유주나 드십시다. 할머니도 부르시고요."

잠시 후, 일리야스가 아내와 함께 문 앞으로 다가왔다. 일리야스는 손님들과 인사를 나눈 다음, 기도문을 외고 나서 문 쪽에 무릎을 꿇고 앉았다. 아내는 커튼 뒤로 가서 안주인과 나란히 앉았다.

곧 일리야스에게 마유주가 든 잔이 건네졌다. 그는 주인과 손님의 건강을 빌고 절을 한 뒤에 마유주를 한 모금 마시고는 바닥에 살며시 내려놓았다.

"어떻습니까, 할아버지?"

손님이 그에게 물었다.

"혹시라도 우리를 보면서 처량한 생각이 들지는 않습니까? 지난날 행복하게 지냈던 시절의 삶과 슬픔 속에서 살아가고 있는 지금의 삶을 비교해 보면서 말입니다."

일리야스는 씩 웃으면서 대답했다.

"내가 지금 행복이 어떻다느니 불행이 어떻다느니 하고 떠들어 봐야 당신들은 믿지 않을 겁니다. 차라리 우리 할멈한테 물어보시는 편이 나을 것 같군요. 늙은 여편네들은 마음에 담고 있는 말을 죄다 털어놓지 않습니까? 지금의 심정이 어떤지 모두 말할 겁니다."

그러자 손님이 커튼 뒤에다 대고 다시 물었다.

"어떻습니까, 할머니? 지난날 행복하게 살던 때와 고생스러운 지금의 처지에 대해서 어떻게 생각하시는지 말씀해 주실 수 있습니까?"

쉬암-쉐마기가 커튼 뒤에서 말했다.

"물론 말씀드릴 수 있어요. 사실 나는 영감과 오십 년 동안 함께 살아오면서 늘 행복을 찾았습니다. 하지만 끝내 찾지 못했지요. 우리가 모든 것을 잃어버리고, 이 집에서 머슴살이를 한 지 딱 두 해째가 되는데요. 이상하게도 지금이 정말 행복해요. 더 이상 필요한 것이 없을 정도로 행복하답니다."

손님과 주인은 깜짝 놀라서 서로의 얼굴을 쳐다보았다. 그러고는 엉거주춤한 자세로 일어나, 할머니의 얼굴을 보려고 커튼을 걷어 올렸다. 할머니는 두 손을 맞잡고 서서는 웃는 얼굴로 일리야스를 바라보았다. 일리야스 역시 얼굴 가득 웃음을 머금고 있었다.

할머니가 말을 이었다.

"나는 진심을 말하고 있는 거예요. 결코 농담을 하는 게 아니랍니다. 오십 년 동안 행복을 찾아 헤맸습니다만, 살림이 넉넉했을 때는 아무 데서도 그것을 찾지 못했죠. 그런데 무일푼이 되어 남의 집에 얹혀살면서 더할 나위 없는 행복을 찾은 겁니다."

"지금 무엇이 그렇게 행복하다는 거죠?"

"우리가 살림이 넉넉했을 때는 한시도 편한 날이 없었어요. 서로 이야기를 나눌 틈도, 영혼에 대해 생각할 겨를도, 신에게 기도할 여유도 없었습니다. 걱정거리가 얼마나 많았는지 모릅니다! 손님이 찾아왔을 때 이러쿵저러쿵 말을 듣지 않으려면 무엇을 대접해야 하나, 무엇을 선물해야 하나, 고민하고 또 고민해야 했지요.

손님이 떠나고 난 뒤에는 하인과 하녀들을 감시해야 했습니다. 그들은 틈만 생기면 일할 생각을 하지 않고 놀면서 맛있는 음식이나 먹으려고 했으니까요. 우리는 물건이 없어지지 않았는지도 살펴야 했어요. 그래서 수없이 죄를 지었죠. 행여나 늑대가 망아지나 송아지를 죽이지 않는지, 도둑이 말을 훔쳐 가지는 않는지 꼼꼼히 살펴야 했거든요. 그래서 걱정거리가 끊이지 않았어요. 잠을 편히 자지도 못했어요. 혹시라도 어미 양이 새끼를 깔아뭉개 죽이지는 않을까 걱정이 되어서요. 그래서 한밤중에 몇 번이고 일어나 밖을 둘러보러 나가지 않으면 안 되었지요. 좀 잠잠하다 싶으면 어김없이 또 다른 걱정거리가 생기곤 했습니다. 이를테면 겨우내 먹을 양식을 비축해야 한다든가 하는 문제 말입니다.

어디 그뿐입니까? 영감과 뜻이 맞지 않은 적도 많았지요. 영감이 이렇게 해야 한다고 말하면, 나는 저렇게 해야 한다고 고집을 피웠거든요. 욕설이 오갈 때도 있었고요. 그 바람에 죄를 참 많이 지었죠. 그때 우리는 근심 걱정이 그칠 날이 없어서 행복이 무엇인지를 모르고 지냈어요."

"그러면 지금은 어떻습니까?"

"지금은 아침마다 내외가 함께 일어난답니다. 정답게 이야기를 주고받을 때도 많고요. 말다툼을 하는 일은 거의 없답니다. 걱정거리가 없으니까요. 굳이 걱정거리라고 한다면 어떻게 해서 주인님한테 이바지할 수 있을까, 하는 것뿐이죠. 힘이 자라는 데까지 열심히 일을 해서 주인님에게 손해가 가지 않도록 애쓰고 있어요.

집에는 점심이든 저녁이든 다 마련되어 있어서 끼니 걱정이 없답니다. 마유주도 마실 수 있고요. 추울 때 땔감으로 쓸 키쟈크(말똥을 말린 땔감)도 있고 털외투도 있지요. 영감과 이야기를 주고받을 짬도 있고, 영혼에 대해서 생각할 시간도 있고, 신에게 감사 기도를 올릴 여유도 있어요. 우리는 오십 년 동안 찾아 헤매던 행복을 이제야 겨우 발견한 겁니다."

그녀의 말이 끝나자 손님들은 믿기지 않는다는 듯 껄껄껄 하고 큰 소리로 웃어 댔다. 그러자 일리야스가 덧붙였다.

"여러분, 웃지 마세요. 할멈이 한 말은 농담이 아니라 우리의 진실된 삶입니다. 처음에는 나나 할멈이나 어리석어서, 재산이 달아난 것을 두고 많이 울기도 했습니다. 하지만 지금은 신께서 우리에게 진실을 밝혀 주신 거라고 믿고 있어요. 우리가 지금 이렇게 말씀드리는 것은 우리 자신을 위로하기 위해서가 아닙니다. 당신들의 선을 위해서 솔직하게 밝히는 것이지요."

이윽고 이슬람교도의 사제가 말했다.

"참으로 지혜로운 말씀입니다. 일리야스 씨가 말씀하신 것은 모두가 진실입니다. 책에도 씌어 있는 것이지요."

그러자 손님들은 웃음을 그치고 깊은 생각에 잠겼다.

제 2 편

작은 악마와 빵 한 조각

어떤 가난한 농부가 아침도 굶은 채 점심으로 빵 한 조각만 가지고 밭갈이를 하러 나섰다. 농부는 쟁기를 홱 뒤집어 엎어 놓고는 수레를 풀어 덤불 밑에 끌어다 놓았다. 거기에 빵 조각을 놓은 다음 겉옷으로 잘 덮어 두었다. 한참 동안 일을 하고 나자, 말도 지치고 시장기도 느껴졌다.

농부는 쟁기를 밭에 박아 둔 채 말이 풀을 뜯어 먹도록 고삐를 풀어 주었다. 그런 다음 점심을 먹기 위해 겉옷을 놓아둔 쪽으로 걸어갔다. 농부는 겉옷을 손으로 집어 들었다. 그런데 빵 조각이 없었다. 겉옷을 뒤집어 털어 보기도 하고 주변을 샅샅이 살펴보기도 했지만, 빵 조각은 그 어디에서도 발견되지 않았다.

농부는 깜짝 놀라서 이렇게 중얼거렸다.

"거참, 이상한 일도 다 있네. 온 사람도 없는데 빵을 누가 가져 간 거지?"

사실은 농부가 밭을 갈고 있는 동안, 작은 악마가 빵 조각을 훔쳐 갔다. 그러고는 덤불 뒤에 숨어서, 농부가 뭐라고 욕을 하면서 자기를 들먹이는지 귀를 기울였다.

농부는 서글픔을 감추지 못한 채 이렇게 말했다.

"할 수 없지. 설마하니 굶어 죽기야 하려고! 그걸 훔쳐 간 사람은 어떤 이유에서건 꼭 필요했겠지. 잘 먹으라지!"

농부는 우물에 가서 물을 잔뜩 마시고 숨을 한 차례 내쉰 다음, 말에다 쟁기를 메고 또다시 밭을 갈기 시작했다.

결국 작은 악마는 농부에게 죄를 짓게 하지 못했다. 그 때문에 당황한 작은 악마는 그 이야기를 들려주러 큰 악마를 찾아갔다. 그리고 큰 악마 앞에 나가자마자, 자기가 빵을 훔쳤는데도 농부가 욕을 하기는커녕 오히려 "잘 먹으라지!"라고 말했던 일을 고했다.

왕초인 큰 악마는 노발대발하며 말했다.

"만약 농부가 정말로 너를 이겼다면 그건 모두 네 잘못이다. 수완이 없었기 때문이야. 다른 농부와 아낙네들까지 그런 버르장머리를 갖게 되면 우리는 살아갈 구실이 없게 되잖나? 그걸 그대로 둘 수는 없어! 지금 당장 농부에게로 가서 그 빵 조각의 값을 치르고 오너라. 만약 삼 년 안에 그 농부를 이기지 못한다면 네놈을 성수 속에 처박아 버릴 테다."

작은 악마는 깜짝 놀라 지상으로 달려 나갔다. 그러고는 어떤 식으로 자기의 죗값을 치를 것인지 궁리하기 시작했다. 곰곰이 생각한 끝에 기가 막힌 묘안이 떠올랐다. 작은 악마는 성실한 사람으로 둔갑한 뒤, 가난한 농부네 집 머슴으로 들어갔다.

그러고는 여름에 가뭄이 들 것이라고 하면서 농부에게 늪에다 씨앗을 뿌리라고 일렀다. 농부는 머슴이 하는 말을 듣고 늪에다 씨앗을 뿌렸다. 그랬더니 가뭄이 들어 다른 농부네 밭에서는 농작물이 모두 타서 말라 죽었는데, 이 가난한 농부네 농작물은 키가 크게 자라고 이삭이 알차게 영글었다. 그래서 농부는 다음 해 햇곡이 날 때까지 먹고도 곡식이 많이 남았다.

이듬해 여름이 되자, 머슴은 농부에게 언덕 위에 씨를 뿌리라고 하였다. 그랬더니 그해 여름에는 비가 몹시 내렸다. 다른 집 농작물은 비를 맞아 모두 쓰러지고 썩었으나, 이 농부네 밭에서는 곡식들이 아주 잘 영글었다. 그래서 지난해보다 더 많은 곡식이 남았다. 농부는 그것을 처치하기가 곤란할 지경이었다.

머슴은 이제 농부에게 곡식을 빻아서 술을 빚는 방법을 가르쳤다. 농부는 술을 빚어 자기도 마시고 다른 사람들도 마시게 했다. 작은 악마는 큰 악마에게 가서 빵 한 조각의 값을 치렀다는 말을 자랑스럽게 늘어놓았다. 큰 악마는 그것을 살펴보러 직접 나섰다.

그가 농부의 집에 가 보니, 돈 많은 사람들을 초대하여 한창 술을 대접하고 있었다. 아내가 손님들에게 술을 권했다. 그런데 탁자 모서리를 돌다가 그만 옷이 걸려 술잔을 쓰러뜨리고 말았다. 농부는 벌컥 화를 내며 아내를 꾸짖었다.

"이게 뭐야? 멍청이 같으니라고! 이렇게 좋은 것을 땅에 엎지르다니, 이게 뭐 구정물인 줄 알아! 다리가 삐었어?"

작은 악마는 팔꿈치로 큰 악마를 쿡 찔렀다.

"보십시오, 이젠 저자도 빵 조각을 아까워하잖아요."

농부는 아내를 마구 호통친 다음, 손님들에게 손수 술을 권하기 시작했다. 마침 그때 들일을 하고 집으로 돌아가던 한 농부가 초대도 받지 않은 채 그 집에 들어와 인사를 하며 자리를 잡아 앉았다. 모두들 술을 마시고 있는 것을 보자, 자기도 한 잔 마시고 싶은 생각이 들었던 것이다. 그래서 연방 군침을 삼키며 앉아 있었으나, 주인은 그에게 한 잔도 권하지 않고 입속으로 이렇게 중얼거렸다.

"아무에게나 마구 퍼먹일 수야 없지!"

큰 악마는 이 말이 꽤 마음에 들었다. 작은 악마는 코를 벌름거렸다.

"두고 보십시오. 또 있으니까요."

돈 많은 농부들은 술을 주거니 받거니 하며 한 잔씩 돌렸다.

주인도 마셨다. 그들은 서로 공치사를 늘어놓으며 치켜세우고 알랑거리는 말을 지껄여 댔다. 큰 악마는 열심히 귀를 기울이며 듣고 있다가 이것만으로도 작은 악마를 칭찬했다. 그러고는 이렇게 덧붙였다.

"만약 저 술 때문에 교활해져서 서로가 서로를 속이게 된다면 저놈들은 이미 우리에게 진 거야."

작은 악마가 말했다.

"두고 보십시오. 이제 볼만할 겁니다. 저놈들에게 한 잔씩만 더 먹여 보십시다. 지금은 저렇게 여우처럼 꼬리를 흔들며 서로를 속이고 있지만, 곧 심술 사나운 이리가 될 겁니다."

농부들은 두 잔째의 술을 마셨다. 그러자 목소리가 차차 커지면서 거칠어졌다. 간지러운 공치사 대신 서로에게 욕설을 퍼붓고 화를 내며 멱살을 잡고 주먹다짐을 했다. 나중에는 서로 코를 할퀴기까지 했다. 주인도 싸움판에 끼어들어 호되게 얻어맞았다.

큰 악마는 그것을 가만히 지켜보고 있었다. 그는 이것도 마음에 들었다.

"거참, 재미있는데."

그가 말하자 작은 악마가 재빨리 대답했다.

"또 있습니다. 놈들에게 술 석 잔을 먹여 보십시오. 지금은 이리처럼 사나워져 있지만, 석 잔을 마시면 돼지처럼 돼 버릴 테니까요."

　농부들은 곧 석 잔째 술을 마셨다. 그러자 완전히 취해서 녹초가 되어 버렸다. 그들은 알아들을 수 없는 말을 지껄이며 소리를 지를 뿐, 남의 말에는 조금도 귀를 기울이지 않았다. 그러자 하나둘 흩어지기 시작했다. 한 사람, 두 사람, 혹은 세 사람씩 떼를 지어 비틀거리며 거리로 나갔다. 주인은 손님을 배웅하러 나갔다가 물웅덩이에 거꾸로 쓰러져 흙탕물을 뒤집어쓴 채 돼지처럼 뒹굴며 꿀꿀거렸다.

　이것은 큰 악마의 마음에 쏙 들었다.

　"거참, 아주 좋은 음료수를 발견했구나. 이것으로 훌륭하게 빵한 조각의 값을 치렀다. 한데 너는 어떻게 해서 이런 술을 만들었지? 넌 틀림없이 그 속에 여우의 피를 넣었을 거야. 그래서 사람들이 여우처럼 교활해진 게 틀림없어. 그다음에는 이리의 피를 넣었겠지. 그래서 사람들이 이리처럼 사나워진 거야. 마지막으로 돼지 피를 넣었겠지. 그러니까 놈들이 돼지처럼 된 것 아니겠어?"

　작은 악마가 말했다.

　"아뇨, 저는 그런 짓을 하지 않았습니다. 다만, 그자에게 곡식이 남아돌게 해 주었을 뿐입니다. 그러니까 그 짐승들의 피는 그자의 마음속에 쭉 있었던 겁니다. 단지, 그자가 필요한 만큼의 곡식을 생산할 때는 그 피가 출구를 찾지 못했던 거지요. 그즈음에는 그자가 빵 한 조각을 아끼지 않았는데, 곡식이 남아돌게 되자 좋은 위안거리를 찾고 싶어 하더군요. 그래서 제가 술을 빚어 마시는 것을 가르쳐 주었습니다. 그 후 그자는 하느님께서 주신 것을 자기의 위안거리로 삼기 위하여 술을 마시다가, 몸속에서 여우와 이리와 돼지의 피가 뒤섞여 용솟음친 겁니다. 그래서 이제는 술만 마시면 아무 때나 짐승이 되어 버린답니다.”

큰 악마는 작은 악마를 칭찬하고 빵 한 조각의 실패를 용서한 다음, 졸개들의 우두머리로 뽑아 주었다.

제 3 편

사랑이 있는 곳에 신도 있다

어느 도시에 마르트인 아브데이치라는 구두장이가 살고 있었다. 창문이 하나밖에 없는 지하실의 작은 방이 그의 거처였다. 창문은 한길 쪽으로 나 있었다. 그 창 너머로 사람들이 오가는 것이 보였다. 비록 발밖에 보이지 않았지만, 아브데이치는 그들이 신고 있는 구두로 그 사람의 모든 것을 알아차렸다.

아브데이치는 그곳에 오래 살았기 때문에 알음알이가 많았다. 그 근방에서 구두 때문에 한두 번가량 그의 신세를 지지 않은 사람이 거의 없을 정도였다. 구두창을 간 적도 있고 해진 데를 기운 적도 있고 가장자리를 꿰맨 적도 있었다. 그중에는 가죽을 모두 새로 간 사람도 있었다.

그 때문에 창 너머로 자신의 일감을 볼 때가 아주 많았다. 사실 주문은 항상 많이 있었다. 아브데이치가 언제나 정성 들여 일을 하는 데다, 재료가 좋고 삯이 싸며 약속을 잘 지키기 때문이었다. 아브데이치는 손님이 원하는 날짜에 맞춰 줄 수 있는 일감만 맡을 뿐, 그럴 수 없는 것은 애초에 거절을 하였다. 그의 이런 성격을 모두가 알고 있었기에 일감이 끊이지 않았다.

아브데이치는 원래 착한 성품을 지닌 사람이었는데, 나이가 들면서 자신의 영혼을 깊이 생각하더니 차츰차츰 신에게로 더 가까이 다가갔다. 그의 아내는 아브데이치가 구두 가게에서 수습공으로 일하고 있을 때, 세 살짜리 아들을 남겨 둔 채 세상을 떠났다. 그 위에도 아이들이 있었으나 모두가 일찍이 죽었기 때문에 그들 부부에겐 그 아이가 전부였다.

아브데이치는 처음에 이 아들을 시골에 사는 누이에게 맡기려고 생각했다. 그런데 곧 측은한 마음이 들었다.

'우리 카피토쉬카를 남의 집에서 자라게 하면 무척 고생스럽겠지. 힘들더라도 내가 데리고 지내야지.'

아브데이치는 이내 마음을 고쳐먹었다. 그러고는 구두 가게를 나와, 아이와 함께 셋방을 얻어서 살아가기 시작했다. 그런데 그는 참 자식 복이 없는 사람이었다.

카피토쉬카가 제법 커서 아버지의 심부름이라도 할 만해져 겨우 안정이 되려고 할 즈음, 그만 병에 걸려 앓아누워 버렸다. 그러고는 일주일가량 고열로 신음하다가 끝내 세상을 떠나고 말았다.

아브데이치는 아들의 장례를 치르고 나자, 완전히 실의에 빠져서 헤어 나오기가 어려웠다. 그래서 신을 원망하기까지에 이르렀다. 자신의 삶이 어찌나 비참하게 느껴지던지, 차라리 죽게 해 달라고 신에게 빈 적이 한 두 번이 아니었다. 늙은 자신을 내버려 두고 어리디 어린 외동아들을 데려간 신이 원망스럽기만 했다. 그래서 짐짓 교회에도 나가지 않았다.

그러던 어느 날, 트로이싸에서 고향 사람이 찾아왔다. 그 사람은 머리가 하얗게 센 노인이었는데, 벌써 팔 년째 성지를 순례하고 다니는 중이었다. 아브데이치는 그 노인과 세상 이야기를 주고받다가 갑자기 마음이 울컥해져서 자신의 슬픔을 하소연하기 시작했다.

"여보게, 난 이제 산다는 게 의미가 없어졌네. 그저 죽고 싶은 마음뿐이야. 오직 그것만을 신께 빌고 있다네. 난 이제 아무런 소망도 없는 인간이 돼 버렸어."

그러자 노인이 말했다.

"아브데이치, 그건 잘못된 생각이야. 우리는 신께서 하시는 일을 이러쿵저러쿵 판단할 수 없어. 무슨 일이건 우리의 지혜로 되는 것이 아니라, 신의 판단으로 이루어지니까. 자네 아들은 죽었지만 자네는 살아야 하네. 그것이 신의 뜻이야. 그런 일로 낙심하는 것은 자네가 자신만의 기쁨을 위해서만 살려고 하기 때문이지.”

“그럼 무엇 때문에 살아야 한다는 건가?”

아브데이치가 묻자 노인이 대답했다.

“신을 위해 살아야지, 아브데이치. 신께서 허락해 주신 목숨이니까 신을 위해 사는 것이 도리가 아니겠나? 신을 위해서 살면 아무 걱정이 없고, 모든 일이 편안하게 생각된다네.”

아브데이치는 잠시 생각에 잠겼다가 한참 만에 입을 열었다.

“신을 위해 산다는 게 무엇을 의미하는가?”

노인이 말했다.

“어떻게 하면 신을 위해 살 수 있는지는 이미 그리스도께서 다 보여 주셨네. 자네, 글 읽을 줄 알지? 성서를 사서 읽어 봐. 그러면 신을 위해 산다는 것이 무얼 의미하는지 알게 될 거야. 거기엔 뭣이든 다 씌어 있으니까.”

이 말이 아브데이치의 마음에 깊이 새겨졌다. 그리하여 그날로 당장《신약 성서》를 사다가 읽기 시작했다. 처음에는 명절날에만 읽을 생각이었으나, 한번 읽기 시작하자 완전히 빨려 들어가서 눈을 뗄 수가 없었다. 결국은 매일같이 성서를 읽게 되었다. 어떤 때는 책 읽기에 골몰한 나머지, 램프의 석유가 떨어진 것도 알아차리지 못했다.

아브데이치는 그렇게 매일 저녁 성서를 읽었다. 한 장 한 장 읽어 갈수록 신께서 그에게 무엇을 바라시는지, 신을 위해서 산다는 게 무얼 의미하는지 분명하게 알 수 있어서 마음이 조금씩 가벼워졌다. 그 전에는 잠자리에 누워서도 꺼질 듯 한숨을 쉬면서 카피토쉬카에 대한 생각으로 괴로워했다. 그러나 지금은 조금도 그렇지가 않았다.

"오, 하느님이시여! 하느님께 영광, 하느님께 영광! 모든 것을 당신의 뜻에 맡기오니 주관하여 주옵소서!"

오로지 이렇게 외칠 뿐이었다.

그 뒤 아브데이치의 생활은 완전히 달라졌다. 예전에는 명절이 돌아오면 빈둥거리며 놀러 다니거나, 음식점에 앉아서 차나 보드카를 마시며 시간을 허비하기 일쑤였다. 알음알이와 한잔 들이키고 나서 거나해지면 음식점에서 나와 공연히 쓸데없는 잔소리를 늘어놓거나 지나가는 사람을 불러 세워 욕지거리를 퍼붓곤 했다.

그런데 이제는 그런 일이 전혀 없었다. 조용하고 만족스런 나날이 흘러갔다. 뿐만 아니라 작업 시간을 정해 놓고, 아침부터 저녁까지 규칙적으로 일을 했다. 정한 시간만큼 일을 하고 나면 램프를 갈고리에서 벗겨 탁자 위에 올려놓은 다음, 선반에서 《신약 성서》를 꺼내 읽기 시작했다. 읽으면 읽을수록 그 뜻을 깨우칠 수 있어서 마음속이 더욱 밝아지고 즐거워졌다.

한번은 밤늦게까지 성서를 읽고 있었다. 그날은 〈루가의 복음서〉 제6장을 읽었는데, 다음과 같은 구절이 눈에 띄었다.

누가 뺨을 치거든 다른 뺨마저 돌려 대 주고, 누가 겉옷을 빼앗거든 속옷마저 내어 주어라. 달라는 사람에게는 주고, 빼앗는 사람에게는 되받으려고 하지 말라. 너희가 남에게 바라는 대로 남에게 해 주어라.

곧 그다음 구절을 읽었다. 거기서는 그리스도가 이렇게 말하고 있었다.

너희는 나에게 "하느님, 하느님!" 하면서 어찌하여 내 말은 실행하지 않느냐? 나에게 와서 내 말을 듣고 실행하는 사람이 어떤 사람인지 가르쳐 주겠다. 그 사람은 땅을 깊이 파고 반석 위에 기초를 놓고 집을 짓는 사람과 같다. 홍수가 나서 큰물이 집으로 덮치더라도 그 집은 튼튼하게 지었기 때문에 조금도 흔들리지 않는다. 그러나 내 말을 듣고서도 실행하지 않는 사람은 기초 없이 맨 땅에 집을 지은 사람과 같다. 큰물이 덮치면 그 집은 곧 무너져 여지없이 파괴되고 말 것이다.

이 구절을 읽은 다음부터 아브데이치의 마음속에 더 큰 즐거움이 찾아들었다. 그는 안경을 벗어 성서 위에 놓은 뒤, 탁자 위에 팔꿈치를 괴고 생각에 잠겼다. 그러다가 자기가 이제까지 해온 일들을 이 말에 견주면서 속으로 이렇게 생각했다.

'집은 어떤가? 반석 위에 서 있는가, 모래 위에 서 있는가? 반석 위에 서 있으면 얼마나 좋을까? 홀가분한 마음으로 이렇게 혼자 앉아 있노라면 모든 일을 신의 지시대로 할 것 같은 마음이 들지. 하지만 막상 지내다 보면 나도 모르는 새에 죄를 짓게 되니, 참. 그래도 더 열심히 하자. 아아, 참으로 유쾌하다. 원하옵건대 신이시여, 제게 힘을 주시옵소서!'

그는 여기까지 생각하고 그만 잠을 청하려 했으나, 성서를 덮기가 아쉬운 마음이 들어서 제7장을 읽기 시작했다. 백인 대장의 이야기를 읽고, 과부의 아들 이야기를 읽고, 요한이 두 제자에게 대답한 대목을 읽었다.

그리고 마침내 부자 바리새 인이 그리스도를 자기 집에 초대한 데까지 읽은 다음, 죄 많은 여자가 그리스도의 발에 향유를 바르고 눈물로 그 발을 적시니 그리스도가 그 죄를 용서했다는 이야기를 읽었다.

그 장의 44절에는 이런 구절이 적혀 있었다.

그 여자를 돌아보시며 시몬에게 말씀을 계속하셨다. 이 여자를 보아라. 내가 네 집에 들어왔을 때 너는 나에게 발 씻을 물도 주지 않았지만, 이 여자는 눈물로 내 발을 적시고 머리카락으로 내 발을 닦아 주었다. 너는 내 얼굴에도 입 맞추지 않았지만, 이 여자는 내가 들어왔을 때부터 줄곧 내 발에 입을 맞추고 있었다. 너는 내 머리에 기름을 발라 주지 않았지만, 이 여자는 내 발에 향유를 발라 주었다.

이 구절을 읽고 난 다음, 그는 또다시 생각에 잠겼다.

'씻을 물도 주지 않고 입도 맞추지 않고 머리에 기름도 발라 주지 않고…….'

아브데이치는 다시 안경을 벗어 성서 위에 올려놓고 생각에 빠져들었다.

'아무래도 내가 그 바리새 인과 같았던 모양이야. 그와 마찬가지로, 그동안 오로지 나 자신만 생각해 왔어. 차를 마시고 싶다든가, 몸을 따숩게 하고 싶다든가 하는 따위의 생각만 했을 뿐 손님을 위해서는 별다른 생각을 하지 않았지. 내 생각에만 빠져 있느라 손님의 일이야 어떻게 되든 상관하지 않았던 거야. 그렇다면 내게 손님은 과연 누구인가? 바로 하느님이시다. 만약 하느님께서 나를 찾아오실 경우, 지금처럼 내 생각만 하고 있을까?'

아브데이치는 두 팔로 턱을 괴고 앉은 채 생각에 잠겨 있다가 어느 사이엔가 깜빡 잠이 들었다.

"아브데이치!"

이상하게도 무엇인가가 자신의 귀 위에서 숨을 쉬고 있는 것 같았다. 아브데이치는 잠이 덜 깬 채로 몸을 부르르 떨었다.

"거기 누구야?"

고개를 돌려 문 쪽을 바라보았으나 아무도 보이지 않았다. 그는 담배에 불을 붙였다. 그때 갑자기 또렷한 목소리가 들려왔다.

"아브데이치, 아브데이치! 내일 한길을 내다보아라, 내가 지나갈 터이니."

아브데이치는 정신이 번쩍 들어서 의자에서 일어나 눈을 비비기 시작했다. 그 목소리를 꿈속에서 들은 것인지, 잠이 깬 상태에서 들은 것인지 분간이 되지 않았다. 그래서 램프를 끄고 다시 잠자리에 들었다.

이튿날, 아브데이치는 날이 새기 전에 일어나서 신에게 기도를 드렸다. 그리고 난로에 불을 지펴 국과 보리죽을 끓인 다음, 앞치마를 두르고 창가에 앉아 일을 하기 시작했다. 일을 하는 중에도 어젯밤의 일이 도무지 머릿속을 떠나지 않았다. 아무리 생각해도 둘 중 어느 쪽이 맞는지 알 수가 없었다. 꿈을 꾸었던 것 같기도 하고, 실제로 목소리가 들렸던 것 같기도 하고.

'뭐, 이런 일은 흔히 있으니까.'

그는 애써 마음을 다독였다.

아브데이치는 일을 하면서 틈틈이 창문 너머로 한길을 내다보았다. 낯선 구두를 신고 지나가는 사람이 있으면 일부러 창문 밖으로 몸을 구부려 내밀고는, 구두뿐 아니라 그 사람의 얼굴까지 보려고 애를 썼다. 펠트로 만든 새 구두를 신은 집지기(집을 지키는 사람)가 지나가기도 하고 물지게를 진 일꾼이 지나가기도 했다.

얼마 후 여기저기를 덧대어 기운, 펠트로 지은 낡은 장화를 신은 니콜라이 1세 시대의 늙은 병사가 손에 삽을 들고 창문 앞으로 다가왔다. 아브데이치는 장화를 보는 순간, 곧바로 그 사람이라는 것을 알아차렸다. 이 늙은 병사는 스테파니치라 불렸는데, 옆집에 사는 상인이 인정상 데리고 있었다. 집지기의 일을 도와주는 것이 그의 임무였다.

스테파니치는 맞은편에서 길에 쌓인 눈을 치우기 시작했다. 아브데이치는 그를 바라보고 있다가 다시금 일을 하기 시작했다. 그러다가 혼잣말을 하면서 스스로를 비웃었다.

"나도 이젠 늙어서 노망이 든 모양이야. 스테파니치가 눈을 치우고 있는데, 그리스도가 내게 오신 걸로 착각을 하다니……. 이젠 아주 노망한 늙다리가 되어 버렸군."

그런데 한 바늘을 꿰매자마자 또다시 창밖이 내다보고 싶어졌다. 창 너머로 고개를 돌리자, 스테파니치가 삽을 벽에 기대어 놓은 채 볕을 쬐며 쉬고 있는 모습이 보였다. 늙어서 꼬부라질 대로 꼬부라져 눈을 치울 기력도 없는 모양이었다.

'저 사람에게 차라도 대접할까? 마침 주전자의 물도 다 끓었

는데…….'

아브데이치는 그 모습을 보며 이렇게 생각하고는 바늘을 일감에 찌른 뒤 자리에서 일어났다. 그러고는 주전자를 탁자 위에 올려놓은 다음, 손가락으로 유리창을 똑똑 두드렸다. 스테파니치가 무슨 일인지 궁금히 여기는 표정으로 창가로 다가왔다.

아브데이치는 그를 손짓하여 부르고는 문을 열러 갔다.

"이리 들어와서 몸 좀 녹이지 그래요? 몸이 꽁꽁 얼었겠소."

"아이고, 고맙습니다. 그렇지 않아도 온몸의 뼈마디가 다 쑤시는구먼요."

스테파니치가 대답했다. 그는 곧 집 안으로 들어와 옷에 묻은 눈을 툭툭 털었다. 그러고 나서 마룻바닥에 발자국이 나지 않도록 장화에 묻은 진흙을 닦으려고 하는 순간 몸이 휘청거렸다.

"닦지 않아도 돼요. 내가 할 테니……. 나야 늘 하는 일이니까. 자, 이쪽으로 앉아서 차나 들어요."

아브데이치는 두 개의 찻잔에 차를 따라서 하나를 그에게 내민 다음, 자기 것을 후후 불며 마시기 시작했다. 잠시 후 스테파니치는 차를 다 마시고 찻잔을 엎어 놓은 후, 그 위에다 먹던 설탕을 올려놓으며 잘 마셨노라고 감사의 말을 했다. 그런데 어쩐지 더 마셨으면 하는 듯한 표정이었다.

"한 잔 더 마셔요."

아브데이치는 찻잔에 차를 가득히 따랐다. 그런데 이상하게도 차를 마시는 동안에도 자꾸만 눈길이 한길 쪽으로 쏠렸다.

"누구를 기다리고 있습니까?"

스테파니치가 물었다.

"누굴 기다리느냐고요? 누굴 기다리는지 부끄러워서 말을 못하겠구먼요. 기다리는 것도 아니고 기다리지 않는 것도 아니라오. 다만, 한 마디 말이 머릿속에서 떠나지 않아서 말이에요. 꿈이었는지 생시였는지 모르겠는데……. 암튼 어제저녁에 성서를 읽고 있었습니다. 그리스도가 여기저기로 돌아다니며 고생한 이야기들 말이오. 물론 들어 보셨겠지요?"

스테파니치가 대답했다.

"듣기는 했지요. 하지만 나야 글을 배우지 못해서 읽을 줄을 모르잖소?"

"그리스도가 여기저기로 돌아다니신 이야기를 읽고 있었습니다. 내 말 좀 들어 보세요. 그리스도가 말입니다. 바리새 인에게 오셨는데, 바리새 인이 맞아들이지 않는 대목을 읽고 있었거든요. 엊저녁에 그 대목을 읽는데 문득 이런 생각이 들지 뭡니까? 그리스도를 정중히 모시지 않다니, 이것이 과연 될 말인가? 만약 나에게 오셨다면 어떻게 모셨을까?

어쨌든 그 바리새 인은 그리스도를 모시지 않았소! 거기까지 읽고 그런 생각을 하다가 나도 모르게 꾸벅꾸벅 졸기 시작했다오. 그렇게 한참 졸고 있는데, 어디선가 나를 부르는 소리가 들

리는 겁니다. 급히 일어나 귀를 기울이니 분명히 누군가가 '아브
데이치, 아브데이치! 내일 한길을 내다보아라, 내가 갈 터이니.'
하고 속삭이는 거예요. 그것도 두 번이나 되풀이해서. 믿기지 않
을지 모르지만, 부끄럽게도 그 말이 내 머릿속에 꼭 박혀서 자
꾸만 그분을 기다리게 된다오."

스테파니치는 머리를 저어 보이고는 아무 말도 하지 않은 채
차를 마저 마신 후 옆으로 밀어 놓았다. 아브데이치는 다시 그
찻잔에 차를 가득 따랐다.

"자, 기운나게 한 잔 더 마셔요! 난 말이오, 그리스도가 이 세
상을 두루두루 돌아다니셨을 때는 이런 사람 저런 사람 가리지
않고 다 사귀었다고 생각하오. 아니, 어쩌면 신분이 낮은 사람과
더 많이 어울리셨는지도 모르지요. 언제나 없는 사람들 사이를
돌아다니시고, 제자도 우리처럼 죄가 많고 막일을 하는 사람들
가운데에서 뽑으셨으니까.

자기를 높이는 자는 낮추어지며, 자기를 낮추는 자는 높여진
다고 말씀하셨다오. '너희는 나를 하느님이시여, 하고 부르지만
나는 기꺼이 너희의 발을 씻어 주겠다. 우두머리가 되고 싶은
자는 모든 사람의 하인이 되라.'고도 말씀하셨어요. 마음이 가난
하고 겸손하며 온유하고 인정이 있는 자는 행복하다고도 말씀
하셨고요."

스테파니치는 차 마시는 것도 잊은 듯, 그의 말에 귀를 기울이

고 있었다. 어느새 그의 볼에서 눈물이 흐르고 있었다.

"한 잔 더 들고 가시오."

아브데이치가 말했다. 그러나 스테파니치는 만족한 얼굴로 성호를 긋고는 인사말을 남긴 다음 찻잔을 밀어 놓고 자리에서 일어섰다.

"고맙소, 아브데이치. 정말 잘 마셨소. 이제 몸도 마음도 모두 편안하다오."

"천만에요, 또 들러 주시오. 나는 손님이 찾아오는 걸 언제든 환영하니까."

아브데이치가 대답했다.

이윽고 스테파니치는 밖으로 나갔다. 아브데이치는 남은 차를 마저 마신 다음, 다구를 치우고 창가의 작업대로 돌아갔다. 그는 다시 구두의 뒤꿈치를 꿰매기 시작했다. 작업을 하면서도 연신 창밖을 바라보며 그리스도를 기다렸다. 그리스도에 대하여, 그분의 행적에 대하여 생각하면서. 머릿속은 온통 그리스도의 말들로 꽉 차 있었다.

그때 창문 밖으로 병사 두 명이 지나가고 있었다. 한 사람은 관청에서 지급한 장화를, 다른 한 사람은 일반 장화를 신고 있었다. 그 뒤로는 이웃집 주인이 반짝반짝 윤이 나는 덧신을 신고 지나갔고, 바구니를 옆에 낀 빵가게 주인이 뒤를 따랐다.

모두 지나간 후, 털실로 짠 긴 양말에 나막신을 신은 여자가 창가에 나타났다. 그녀는 창문 앞을 지나 벽 있는 데서 걸음을 멈추었다.

그때 아브데이치가 무심코 창 너머로 고개를 돌렸다. 다른 마을에서 온 듯 낯선 여자가 아기를 안고 서 있었다. 그녀는 바람을 등지고 벽 쪽에 붙어 선 채 아기가 춥지 않도록 감싸 주려 애썼다. 하지만 아기를 감쌀 만한 것이 하나도 없었다. 여자가 입고 있는 것은 얇디 얇은 여름옷인 데다 누추하기 짝이 없었다.

이윽고 창문 너머에서 아기의 울음소리가 들려왔다. 여자는 아기를 달래느라 안간힘을 썼지만, 한참이 지나도록 울음소리는 그치지 않았다. 아브데이치는 자리에서 일어나 문밖으로 나갔다. 그리고 층계 위에 서서 큰 소리로 외쳤다.

"아주머니! 아주머니!"

여자는 그 소리를 듣고 뒤를 돌아보았다.

"여보시오, 이런 추위에 아기를 데리고 왜 거기에 서 있소? 어서 안으로 들어오시오. 따뜻한 방 안에서 아기를 감싸 주는 것이 좋겠소. 어서 이리로 들어오시오!"

여자는 깜짝 놀라며 아브데이치의 얼굴을 빤히 쳐다보았다.─앞치마를 두르고 안경을 쓴 늙은이가 자기를 부르고 있었으니. 여자는 잠시 망설이다 그 뒤를 따라갔다.

아브데이치는 층계를 내려가 방 안으로 들어간 다음 여자를 침대로 안내했다.

"자, 아주머니, 여기 앉아요. 페치카(러시아 등 추운 지역에서 쓰는 난방 장치. 벽난로와 비슷하다.) 가까이로. 몸을 녹이고 아기에게 젖을 주도록 해요."

"젖이 나질 않아요. 아침부터 아무것도 못 먹었거든요."

여자는 이렇게 말하면서도 아기에게 젖을 물렸다. 아브데이치는 고개를 저어 보인 다음, 빵과 수프 접시를 꺼내 왔다. 그러고는 페치카의 아궁이 뚜껑을 열고 수프를 접시에 따랐다. 잠시 후 귀리죽이 든 냄비의 뚜껑을 열어 보았더니 아직 죽이 덜 쑤어져 있었다. 그래서 수프만 식탁 위에 올려놓았다. 그는 수건을 고리에서 벗겨 식탁 위에 펼쳐 놓은 다음 빵을 올려놓았다.

"아주머니, 여기 앉아서 이걸 먹어 봐요. 아기는 내가 보아 줄 테니까. 예전에 자식들을 키워 봐서 돌볼 줄 안다오."

여자는 식탁 앞에 앉아 성호를 긋고는 수프를 먹기 시작했다. 아브데이치는 아기가 누워 있는 침대 가장자리에 걸터앉았다. 쩝쩝 하고 입술 소리를 내 보았지만 잘 되지가 않았다. 이가 없었기 때문이다.

아기는 자꾸만 울어 댔다. 아브데이치는 손가락으로 얼러 봐야겠다는 생각이 들어서, 아기의 입가에 손가락을 바짝 갖다 대고 이리저리 흔들어 보았다. 입안에 손가락이 들어가지 않도록 아주 조심을 하였다. 손이 타르로 꺼멓게 물들어 있었기 때문이다. 아기는 손가락의 움직임을 바라보다가 신기하게도 울음을 뚝 그쳤다. 나중에는 빙그레 웃기까지 하였다. 아브데이치는 기뻐서 어쩔 줄 몰라 했다.

여자는 수프를 먹으면서, 자신의 신상 이야기를 늘어놓기 시작했다.

"저는 병사의 아내였어요. 그런데 여덟 달 전, 남편이 어딘가로 쫓겨간 뒤로 통 소식이 없답니다. 할 수 없이 남의 집 하녀로 들어갔지요. 그리고 얼마 안 있어 이 아이를 낳았고요. 주인은 아기가 있으면 일을 하지 못한다고 일거리를 주지 않았어요.

그 바람에 벌써 석 달째나 일 없이 지내고 있답니다. 결국 입고 있던 옷가지까지 팔아 버리고 말았지요. 하루하루를 버티는 게 너무나 힘겨워서 유모살이라도 해 볼까 했는데 그것마저도 뜻대로 되지 않더군요. 몸이 너무 말라서 젖이 잘 나오지 않을 거라나요.

사실은 오늘도 저희 할머니가 일하고 있는 어느 상인의 집에 다녀오는 길이에요. 저를 써 주겠다고 했다기에 얘기가 다 된 줄 알고 찾아갔더니, 다음 주에나 오라고 하더군요. 그런데 그 집이 어찌나 먼지, 다녀오다 지쳐 쓰러질 지경이었답니다. 이 아이도 몹시 힘들었던가 봐요. 그래도 그 댁 주인마님이 우리를 불쌍하게 여겨 들어와 살라고 하니 고마울 따름이지요. 그게 아니라면 어떻게 살아가야 할지 너무 막막했을 거예요."

아브데이치는 한숨을 길게 내쉬면서 말했다.

"외투가 한 벌도 없소?"

"외투를 입어야 할 계절이 되었는데, 바로 어제 하나밖에 없는 플라토크(머리에 쓰거나 어깨에 두르는 숄)를 20코페이카에 저당 잡혔어요."

그녀는 침대로 다가가 아기를 품에 안았다. 아브데이치는 자리에서 일어나 벽께로 다가갔다. 그리고 벽장 안을 뒤적이더니 낡은 사라판(러시아의 여성용 의상으로, 소매가 없는 긴 겉옷)을 하나 가지고 왔다.

"이걸로 어떻게 되겠소? 다 낡은 것이지만 아기를 감쌀 수는 있을 거요."

여자는 노인의 얼굴을 바라보다가 사라판을 손에 받아 들고는 그만 울음을 터뜨렸다. 아브데이치는 짐짓 다른 쪽으로 얼굴을 돌렸다. 그러다 침대 밑으로 기어 들어가 옷궤를 끌어낸 다음, 그 속을 뒤지더니 다시금 여자를 마주 보고 앉았다.

그녀가 말했다.

"할아버지, 고맙습니다. 그리스도께서 복을 내려 주실 겁니다. 아무래도 그분께서 저를 할아버지네 창가로 보내신 모양입니다. 하마터면 아기를 얼려 죽일 뻔했어요. 집을 나설 때만 해도 따뜻했는데, 날씨가 갑자기 이렇게 추워져 버렸군요. 그분께서 할아버지를 창가에 앉게 하신 다음, 저의 가엾은 모습을 보게 하여 측은히 여기도록 만드신 거예요."

아브데이치는 빙그레 웃으며 말했다.

"그래요, 그분이 나를 창가에 앉아 있게 하셨소. 아주머니, 내가 공연히 창밖을 내다보고 있었던 게 아니라오."

아브데이치는 병사의 아내에게도 어젯밤에 꾼 꿈 이야기를 들려주며, 하느님께서 오늘 자기에게 오시겠다고 약속하는 목소리를 들었다고 말했다.

"무엇이나 다 있을 수 있는 일이지요."

여자는 이렇게 말하고는 자리에서 일어나 사라판을 몸에 걸쳤다. 아기를 품에 안고 사라판 자락으로 감싼 다음, 아브데이치를 바라보며 다시금 고맙다고 인사를 했다.

"자, 그리스도의 이름으로 이걸 받으시오. 이걸로 플라토크를 되찾도록 해요."

아브데이치는 이렇게 말하며, 여자에게 20코페이카를 건네주었다. 여자는 성호를 그었다. 아브데이치는 성호를 그은 후 여자를 문 앞으로 데리고 갔다.

여자가 밖으로 나가자, 아브데이치는 수프 접시를 치운 다음, 다시 일감을 손에 잡았다. 일을 하면서도 연신 창문 쪽을 힐끔거렸다. 창문에 그늘이라도 지면 얼른 고개를 들어 누가 지나가나 않는지 살펴보곤 하였다. 그러는 사이에 아는 사람도 지나가고 모르는 사람도 지나갔지만, 딱히 이렇다 할 만한 일은 일어나지 않았다.

그때 창문 맞은편에 도붓장수(이리저리 돌아다니며 물건을 파는 사람) 할머니가 서 있는 것이 눈에 띄었다. 그 할머니는 사과가 담긴 바구니를 들고 서 있었다. 거의 다 팔았는지 남아 있는 것은 몇 알 되지 않았다. 그리고 나무 조각이 든 자루를 어깨에 메고 있었는데, 아마도 공사장에서 주워 집으로 돌아가는 모양이었다.

그런데 그 자루가 할머니가 메고 가기에는 너무나 무거워 보였다. 할머니는 곧 다른 쪽 어깨로 바꿔 메기 위해 자루를 길바닥에 내려놓았다. 그리고 사과 바구니를 말뚝 위에 얹어 놓고는 자루 속의 나무 조각을 한 차례 흔들었다.

자루를 흔들고 있는 사이, 찢어진 모자를 쓴 사내아이 하나가 어디선가 튀어나와 바구니에서 사과 한 알을 움켜쥐고 내빼려고 했다. 할머니는 재빨리 알아채고는 곧바로 돌아서서 사내아이의 옷소매를 꽉 움켜잡았다.

사내아이는 버둥거리며 할머니의 손을 뿌리치려고 했다. 그러나 할머니는 사내아이의 모자를 쳐서 떨어뜨린 다음, 잽싸게 머리칼을 틀어쥐었다. 사내아이는 마구 소리를 질러 댔고, 할머니는 욕을 퍼부어 대었다.

아브데이치는 손에 쥐고 있던 바늘을 어디다 찔러 놓을 겨를도 없이 마룻바닥에 내팽개치고는 서둘러 문밖으로 뛰어나갔다. 층계에 발이 걸리는 바람에 안경이 바닥으로 떨어졌다. 아브데이치가 한길로 나갔을 때는 할머니가 사내아이의 머리칼을 움켜잡고 욕을 하면서 경찰서로 끌고 가려는 참이었다.

사내아이는 버둥거리며 저항했다.

"난 훔치지 않았어요. 왜 때려요? 이거 놔요!"

아브데이치는 두 사람을 떼어 놓았다. 그러고는 사내아이의 손을 잡고 이렇게 말했다.

"할머니, 놓아주십시오. 그리고 그리스도의 이름으로 용서해 주십시오!"

"결국 놓아주긴 하겠지만, 앞으로 다신 이런 짓을 하지 못하게 해야 해요. 이렇게 교활한 놈은 경찰한테 끌고 가야죠!"

아브데이치는 할머니에게 사정했다.

"그만 놓아주시구려. 다신 그러지 않겠죠. 그리스도의 이름으로 제발 놓아주십시오!"

할머니는 어쩔 수 없다는 듯이 사내아이의 머리칼을 손에서 놓았다. 그때를 놓치지 않고 사내아이가 도망치려 하자, 아브데이치가 붙잡아 세운 다음 이렇게 말했다.

"할머니께 잘못했다고 빌어라. 다시는 나쁜 짓을 해선 안 돼! 네가 저 바구니에서 사과를 꺼내는 걸 내 눈으로 똑똑히 보았다."

그제야 사내아이는 훌쩍거리면서 할머니에게 용서를 빌었다.

"음, 이제 됐다. 자, 이 사과를 너에게 주마."

아브데이치는 바구니에서 사과 한 알을 꺼내어 사내아이에게 주었다. 그리고 할머니에게 이렇게 말했다.

"할머니, 사과 값은 내가 치르지요."

"당신은 저 망할 놈의 버릇을 나쁘게 들이고 있어요. 이런 녀석은 한 주일쯤 엉덩이를 바닥에 대고 앉지 못할 만큼 때려서 혼내 줘야 해요."

할머니의 대답에 아브데이치가 말했다.

"이것 보세요, 할머니. 우리네 짧은 소견으로야 그렇겠지만, 신의 뜻은 그렇지가 않을 거예요. 사과 한 알 때문에 이 아이를 때려야 한다면 우리는 도대체 얼마나 많은 벌을 받아야 할까요? 그동안 우리가 지은 죄를 생각해 봐요."

할머니는 잠자코 있었다. 아브데이치는 할머니에게 우화 한 편(〈마태오의 복음서〉 제18장 참조)을 들려주었다. 왕이 시종을 불러 그가 진 큰 빚을 받지 않겠다고 하자, 그 시종은 그길로 자기에게 빚진 사람을 찾아가 괴롭히기 시작했다는 얘기였다. 할머니는 아무 말 없이 이야기를 듣고 있었다. 사내아이도 얌전히 서서 그 이야기를 들었다.

이윽고 아브데이치가 말했다.

"신은 죄를 용서하라고 일렀어요. 그렇지 않으면 우리도 죄를 용서받지 못해요. 어떤 사람이라도 용서해 주어야 해요. 철없는 어린아이라면 더욱더 그렇지요."

할머니는 고개를 끄덕이며 긴 한숨을 내쉬었다.

"그야 그렇지만, 요즘 아이들은 워낙 버릇이 없어서……."

"그러니까 우리 늙은이들이 가르쳐야 하지 않겠소?"

아브데이치가 말하자 할머니가 대꾸했다.

"그래요, 나도 그걸 말하고 싶은 거예요. 나는 자식을 일곱이나 낳았지만 지금은 딸 하나밖에 남지 않았답니다."

그러고는 그 딸과 같이 지금 어디에서 살고 있는지, 외손자가 몇 명인지 등을 이야기하기 시작했다.

"이젠 기운이 다 빠졌지만 일은 손에서 놓지 않고 있어요. 어린 손자들이 가엾어서요. 손자들이 얼마나 착한지……. 그 아이들처럼 나를 따뜻하게 맞아 주는 사람은 이 세상에 아무도 없어요. 글쎄, 아크슈트카란 손녀는 한시도 내 곁을 떠나지 않으려 해요. 아무한테나 가려고도 하지 않고요. '할머니, 우리 할머니가 제일 좋아.' 하고 나한테 안기곤 하지요……."

그사이에 할머니의 마음이 완전히 풀어진 듯했다. 하지만 사내아이를 위해 한마디 덧붙였다.

"더 이상 말하지 않아도 알아요. 어린아이가 한 짓이니까요. 부디 신께서 이 아이를 지켜 주시기를……."

잠시 후 할머니가 자루를 어깨에 둘러메려고 하자, 사내아이가 재빨리 달려가서 이렇게 말했다.

"제가 들어다 드릴까요, 할머니? 같은 방향이니까요."

할머니는 고개를 끄덕인 다음, 자루를 사내아이의 어깨에 올려 주었다.

이렇게 하여 두 사람은 나란히 한길로 걸어가기 시작했다. 할머니는 아브데이치에게서 사과 값 받는 것도 잊어버린 듯했다. 아브데이치는 제자리에 서서 두 사람의 뒷모습을 한참 동안 바라보며 그들이 무슨 이야기를 나누는지 귀를 기울였다.

그러다 두 사람이 시야에서 멀어진 뒤에야 집 안으로 들어갔다. 층계에 안경이 떨어져 있는 것을 보고 급히 주워 들었다. 다행히 깨진 데는 없었다. 그는 방으로 들어간 다음, 바닥에서 바늘을 집어 들고 다시 일감을 손에 잡았다.

그러고 나서 한참 동안 일을 하다가 이상하게도 실이 가죽에 뚫어 놓은 구멍으로 잘 들어가지 않자, 또다시 고개를 들고 바깥을 내다보았다. 거리의 가로등이 하나둘 켜지고 있었다. 순간, 방 안에 불을 켜야겠다는 생각이 들었다. 그래서 램프에 기름을 넣고 불을 붙인 뒤, 갈고리에 걸어 두고 다시금 일을 하기 시작했다.

잠시 후 장화 한 짝을 마무리하고는 이리저리 뒤집어 보며 꼼꼼히 살펴보았다. 제법 흡족하게 만들어진 것 같았다. 그는 작업 도구를 한 군데다 정리해 놓고, 바닥에 흩어진 가죽 조각을 깨끗이 쓸어 낸 다음 실과 바늘밥을 한쪽으로 치웠다.

이윽고 갈고리에 걸린 램프를 떼어 탁자 위에 올려놓고는 선반에서 성서를 꺼냈다. 어제저녁에 가죽으로 만든 책갈피를 끼워 놓은 쪽을 펼치려고 하는데, 이상하게도 다른 쪽이 펼쳐졌다.

성서를 다시 펼치려는 순간, 어제저녁에 꾼 꿈이 생각났다. 그 순간 누군가가 뒤에서 살며시 걸어오고 있는 듯한 느낌이 들었다. 아니나 다를까, 뒤를 돌아다보니 어두컴컴한 구석에 사람이 서 있었다. 하지만 누군지는 알 수가 없었다. 그때 귓전에서 속삭이는 목소리가 들렸다.

"아브데이치, 아브데이치, 너는 나를 알아보지 못했느냐?"

"누구를요?"

아브데이치가 물었다.

"나 말이다, 나 말이니라."

그 목소리가 말했다. 그러고는 어두운 구석에서 스테파니치가 나와 빙그레 웃고는 구름처럼 형체도 없이 사라졌다.

"그것도 나였다."

목소리가 또 말했다. 그리고 어두운 구석에서 아기를 안은 여자가 나타났다. 여자와 아기가 방긋이 웃어 보이고는 조금 전과 마찬가지로 획 사라져 버렸다.

"그것도 나였다."

목소리가 또다시 말했다. 이윽고 할머니와 사과를 든 사내아이가 나와 빙그레 웃고는 역시 사라져 버렸다. 아브데이치는 기쁨을 감추지 못했다. 성호를 그은 다음 안경을 끼고 성서를 읽어 내려가기 시작했다. 그 쪽의 첫머리에는 이렇게 적혀 있었다.

너희는 내가 굶주렸을 때는 먹을 것을 주었고, 목말랐을 때는 마실 것을 주었으며, 나그네가 되었을 때는 따뜻하게 맞아 주었다. 또한 헐벗었을 때는 입을 것을 주었으며……

곧 그 아래쪽도 읽어 내려갔다.

분명히 말한다. 너희가 여기 있는 형제 중에 가장 보잘것없는 이에게 해 준 것이 바로 나에게 해 준 것이다.

—〈마태오의 복음서〉 제25장 30절

그제서야 아브데이치는 모든 것을 깨달았다. 역시 꿈은 헛되지 않았다. 바로 그날 그리스도가 자신을 찾아왔고, 그는 그분을 성심으로 모셨던 것이다.

제 4 편
바보 이반

1

옛날 옛적에, 어느 나라의 한 마을에 부유한 농부가 살고 있었다. 이 농부에게는 아들 셋과 딸 하나가 있었는데, 큰아들 세묜은 왕을 섬기러 전쟁터에 나갔고, 둘째 아들 배불뚝이 타라스는 장사하는 법을 배우러 문 안의 상인한테로 갔다. 막내 아들 바보 이반은 누이와 함께 집에 남아서 농사일을 거들었다.

무관인 세묜은 높은 벼슬에 올라 논밭을 하사받았으며, 얼마 후 귀족의 딸과 혼인을 하였다. 그는 녹봉(벼슬아치에게 연봉으로 주는 곡식이나 비단, 돈 따위)도 많고 논밭도 많았지만, 이상하게도 늘 수지가 맞지 않았다. 귀족 출신인 그의 아내가 세문이 돈을 벌어들이기가 무섭게 물 쓰듯 해서 도무지 남아나는 것이 없었다. 그래서 세문은 도조(남의 논밭을 빌려서 농사를 지은 뒤, 그 대가로 해마다 땅 주인에게 바치는 벼)를 받으려고 농장으로 갔다.

마름(지주를 대신해서 소작권을 관리하는 사람)이 그에게 말했다.

"도조를 드릴 수가 없습니다. 말이나 소 같은 가축은 물론, 쟁기 따위의 농기구조차 하나 없어서 농사를 제대로 짓지 못했어요. 그런 것들을 먼저 갖추어야 수익을 올리실 수 있을 겁니다."

세문은 곧장 아버지를 찾아가서 이렇게 말했다.

"아버지, 아버지는 부자인데도 저에게 아무것도 주시지 않았습니다. 땅의 3분의 1만 저에게 나눠 주십시오."

"그러는 너는 내게 준 것이 하나라도 있느냐? 뭣 때문에 너에게 땅을 3분의 1씩이나 준단 말이냐? 그렇게 하면 이반과 네 누이가 못마땅해할 게다."

그러자 세문이 대답했다.

"그 애는 바보잖아요? 누이도 귀머거리에다 벙어리이고. 그런 애들한테 뭐가 필요하겠어요?"

그 말을 듣고 아버지가 말했다.

"이반이 뭐라고 하는지 어디 한번 물어보자."

이반은 아버지의 물음에 간단히 대답했다.

"그럼요, 드려야죠."

그리하여 세묜은 아버지에게서 3분의 1의 땅을 얻었다. 그것을 제 이름으로 이전한 다음, 왕을 섬기러 다시 떠났다.

한편, 배불뚝이 타라스는 돈을 많이 모아 상인의 딸과 결혼했다. 하지만 타라스 역시 불만이 가득했다. 어느 날, 그는 아버지를 찾아가 이렇게 말했다.

"저에게도 제 몫을 나눠 주십시오."

그러나 이번에도 아버지는 땅을 선뜻 떼어 주고 싶지 않았다.

"너는……, 너는 우리에게 보태 준 게 아무것도 없다. 지금 집 안에 있는 것은 모두 이반이 번 것이다. 나는 이반과 네 누이를 섭섭하게 하고 싶지 않다."

"그런 녀석에게 뭐가 필요하다고 그러십니까? 그 녀석은 바보 잖아요? 장가도 갈 수 없을걸요. 그런 녀석에게 누가 시집을 오려고 하겠습니까? 벙어리인 누이도 마찬가지죠. 그 애에게 필요한 게 뭐가 있겠습니까? 이반, 그렇잖니? 나한테 곡식을 절반만 다오. 그리고 연장 따윈 가져가지 않을 생각이니까, 저 잿빛 수말이나 한 마리 주고. 저 수말은 밭을 가는 데 도움이 되는 것도 아니잖아."

이반은 웃음을 지으며 말했다.

"그러세요, 가져가세요. 말이야 또 잡으면 되니까요."

이렇게 하여 타라스도 제 몫을 챙겼다. 타라스는 곡식을 시장으로 실어 낸 다음, 수말을 끌고 떠났다. 이반은 여전히 늙어 빠진 암말 한 마리로 농사를 지으며 부모님을 정성껏 모셨다.

2

큰 도깨비는 이 형제들이 아무런 다툼 없이 재산을 분배한 다음, 의좋게 헤어진 것에 은근히 시샘이 났다. 그래서 작은 도깨비 셋을 큰 소리로 불렀다.

"저기 좀 봐. 저기, 세 형제가 살고 있지? 세묜이란 무관과 타라스란 배불뚝이, 그리고 이반이란 바보 녀석 말이야. 나는 저 녀석들에게 싸움을 붙이고 싶은데 너무 의좋게 살고 있단 말이야. 서로서로 먹으라고 양보하면서 지내고 있잖아. 이반이란 저 바보 녀석이 내 일을 깡그리 망가뜨려 놓고 있지 뭐야. 이제부터 너희 셋이 저 세 녀석에게 달라붙어서 이간질을 시켜. 형제 간의 의를 끊어 놓으란 말이야. 어때, 잘할 수 있겠나?"

"할 수 있다마다요."

작은 도깨비들이 자신 있게 대답했다. 그러자 큰 도깨비가 물었다.

"어떻게 할 작정인데?"

"일단 저 녀석들을 벌거벗긴 다음, 먹을 게 하나도 없는 곳에 가두어 두는 겁니다. 그러면 저 녀석들도 틀림없이 서로를 치고

받으며 싸우게 되겠지요."

큰 도깨비가 말했다.

"너희가 무엇을 해야 하는지 제대로 알고 있는 것 같구나. 어서 가거라. 그리고 저 녀석들의 사이를 떼어 놓기 전에는 절대로 돌아와선 안 돼. 그렇지 않으면 너희 세 놈의 가죽을 몽땅 벗겨 버리고 말 테니까. 알아들었느냐?"

작은 도깨비들은 어느 늪 속으로 들어가서 이 일을 어떻게 시작할 것인지 의논을 하였다. 셋은 저마다 조금이라도 더 수월한 사람을 맡으려고 안달을 하였다. 오랫동안 궁리한 끝에 제비뽑기를 해서 누가 누구를 맡을 것인지 정하기로 했다. 그리고 조금이라도 먼저 일을 마친 경우에는 다른 도깨비를 도우러 와야 한다는 조건을 내걸었다.

작은 도깨비들은 제비뽑기를 한 다음, 언제 다시 이 늪으로 모일 것인지 날짜를 정했다. 그날 누구의 일이 먼저 끝났는지 확인하고, 또 누구를 도우러 가야 할지도 알아보기로 했다. 작은 도깨비들은 저마다 제 심지대로 행동하기로 하고 각자 헤어졌다.

시간이 한참 흐르고, 드디어 그날이 되었다. 작은 도깨비들은 예의 그 늪으로 모인 뒤, 계획한 대로 일이 진행되고 있는지 설명하기 시작했다. 세몬을 맡았던 첫째 작은 도깨비가 먼저 입을 열었다.

"내 일은 말이야, 아주 잘되고 있어. 내가 맡은 세묜이란 자는 틀림없이 내일 아버지를 찾아갈 거야."

그러자 두 작은 도깨비가 물었다.

"어떻게 했는데?"

"나는 말이야, 우선 세묜에게 용기를 불어넣어 주었지. 그랬더니 녀석이 왕에게 달려가, 인도를 정복하겠다고 약속하지 않겠어? 왕은 그길로 세묜을 대장으로 임명하고는 인도로 보내기로 했어. 그날 밤 나는 세묜의 군사들이 가지고 있는 화약에 물을 묻혀 놓은 다음, 인도로 가서 짚으로 군사들을 무수히 만들어 놓았지. 지푸라기 군사들이 사방팔방에서 몰려오자, 세묜의 군사들은 겁을 잔뜩 집어먹고 어쩔 줄 몰라 하는 거야. 세묜은 '쏘아라!' 하고 명령을 내렸지만 대포나 총이 나가야 말이지. 세묜의 군사들은 사색이 되어 줄행랑을 놓을 수밖에. 마치 양 떼들처럼 말이야. 인도 왕은 그들을 추격하여 쳐부수었고, 세묜은 망신을 톡톡히 당했지. 그뿐만이 아니야. 논밭을 몽땅 몰수하고, 내일은 그 죄를 물어 사형을 집행할 예정이거든. 나에겐 이제 꼭 하루 일감이 남아 있는 셈이야. 세묜이 집으로 도망가도록 감옥에서 끄집어내 놓을 일만 남아 있지. 내일은 완전히 끝장나는 거니까, 너희 둘 중에서 누가 내 도움이 필요한지 말해 봐."

이번에는 타라스를 맡은 둘째 작은 도깨비가 제가 한 일을 자랑스럽게 늘어놓기 시작했다.

"나는 말이야, 도움 따윈 필요 없어. 내 일도 아주 잘돼 나가고 있거든. 타라스란 녀석도 이제 일주일 이상은 버티지 못할 거야. 나는 그 녀석의 배를 잔뜩 불려서 욕심꾸러기로 만들어 놓았지. 그랬더니 녀석이 남의 재산을 턱없이 탐내게 되었는데, 나중에는 제가 보지도 못한 것들까지 모조리 사들이고 싶어 하지 뭐야. 돈을 있는 대로 깡그리 털어서 물건들을 사 모았어. 그래도 모자라서 사고 또 사는 거야. 지금은 빚까지 져 가며 사들이고 있지. 이제는 너무 많이 긁어모은 나머지, 그것들을 어떻게 처치해야 할지 몰라 안절부절못하고 있어. 일주일 뒤에는 이것저것 사느라고 꾸어다 쓴 돈을 갚아야 할 기한이 닥치는데, 그 안에 녀석의 물건들을 깡그리 거름으로 만들어 놓을 작정이야. 그렇게 되면 그 녀석은 빚을 갚지 못해 틀림없이 제 아버지한테로 달려갈 거야."

그들은 이반을 맡은 셋째 작은 도깨비에게 물었다.

"네 일은 어떻게 됐지?"

"그게 말이야, 실은 내 일은 그다지 잘되어 나가지 않아. 맨 처음엔 배탈이 나게 하려고 크바스(엿기름, 보리, 호밀 따위로 만든 러시아 맥주) 병에다 침을 잔뜩 뱉어 놓았고, 그다음에는 그 녀석의 밭으로 가서 땅바닥을 돌처럼 딱딱하게 굳혀 놓았지. 그 녀석이 꼼짝 못 하도록 하려고 말이야. 이쯤 되면 녀석이 절대로 쟁기로 밭을 갈지 못하리라고 생각했는데……. 웬걸, 그 바보 녀석은 말없이 쟁기를 가지고 와서는 아무렇지도 않은 듯 척척 갈아 제끼지 뭐야. 배가 아파 끙끙 앓으면서도 꿋꿋하게 밭을 갈아 대는 거야. 그래서 그 녀석의 쟁기를 확 부숴 놓았지. 그랬더니 집으로 돌아가서 딴 보습(농기구에 끼우는, 넓적한 삽 모양의 쇳조각)으로 갈아 끼우고는 또다시 밭을 갈기 시작하지 뭐야. 그래서 이번에는 땅 밑으로 기어 들어가 보습을 꽉 붙들려고 했지. 그것도 웬걸, 도무지 붙잡혀야 말이지. 그 녀석이 쟁기를 꾹 누르는 데다 보습이 하도 날카로워서 손만 베이고 말았어. 결국 녀석은 밭을 거의 다 갈아 버리고 겨우 한 두둑(논이나 밭을 갈아 골을 타서 만든 두두룩한 바닥) 정도밖에 남지 않았어. 그러니까 날 좀 도와줘. 우리가 그 녀석을 때려잡지 못하면 모든 게 허사가 될 테니까. 만약 그 바보가 농사를 계속 짓게 되면 그들은 크게 곤란을 겪지 않을 거야. 그 녀석이 두 형을 기꺼이 부양할 거니까.”

세 문을 맡았던 첫째 작은 도깨비가 다음 날 셋째 작은 도깨비를 도우러 가겠다고 약속했다.

3

이반은 그동안 묵혀 두었던 밭을 다 갈고 이제 한 두둑만 남겨 놓고 있었다. 그는 그 한 두둑을 마저 다 갈아 버릴 셈으로 말을 타고 달려왔다. 배가 아파서 견딜 수 없었으나, 말의 궁둥이를 고삐로 툭툭 치며 쟁기로 밭을 갈기 시작했다.

한 번 갔다가 되짚어서 돌아오려고 하는데, 마치 나무뿌리에 걸리기라도 한 것처럼 쟁기가 꿈쩍을 하지 않았다. 셋째 작은 도깨비가 쟁기에 매달린 채 손으로 힘껏 누르고 있었기 때문이다. 이반은 별 이상한 일이 다 있다고 생각했다.

'아까만 해도 나무뿌리 같은 건 없었는데…….'

이반은 두둑 속에 손을 집어넣었다. 그러자 무언가 물컹한 것이 손에 닿았다. 그것을 확 잡아채어 밖으로 끄집어냈다. 새까만 나무뿌리처럼 생긴 것이었는데, 위쪽에서 무엇인가가 꿈틀거리고 있었다. 자세히 보니, 살아 있는 작은 도깨비가 아닌가.

"아니, 뭐 이런 게 다 있어? 빌어먹을!"

이반은 셋째 작은 도깨비를 번쩍 치켜든 뒤 쟁기에다 내리쳐 박살을 내려고 했다. 그러자 셋째 작은 도깨비가 소리를 지르며 애원했다.

"제발 목숨만 살려 주십시오. 그 대신 무엇이든 원하는 대로 해 드리겠습니다."

"그래, 뭘 하겠다는 거냐?"

"무얼 원하시는지 말씀만 해 주십시오."

이반은 머리를 긁적이며 말했다.

"나는 지금 배가 몹시 아픈데 말이야. 낫게 할 수 있겠나?"

"할 수 있고말고요."

셋째 작은 도깨비가 말했다.

"그럼 어디 한번 해 봐."

셋째 작은 도깨비는 두둑 위에 몸을 구부리고는 여기저기 손톱으로 뒤져 가며 무엇인가를 찾았다. 이윽고 가지가 셋으로 뻗은 조그만 뿌리를 쑥 뽑아 이반에게 건넸다.

"여기 있습니다. 이 뿌리만 삼키시면 천하에 없는 통증일지라도 이내 가십니다."

이반은 뿌리를 받아 든 다음, 가지 하나를 쭉 찢어서 삼켰다. 그러자 복통이 금세 가셨다. 셋째 작은 도깨비는 다시 사정을 하기 시작했다.

"자, 이제 놓아주십시오. 그러면 땅속으로 기어 들어가 다시는 나오지 않겠습니다."

"자, 가거라!"

이반의 말이 떨어지기가 무섭게, 셋째 작은 도깨비는 물속에 던진 돌멩이처럼 땅속으로 잽싸게 모습을 감추어 버렸다. 셋째 작은 도깨비가 들어간 자리엔 시커먼 구멍이 하나 남았다.

이반은 나머지 두 가지의 뿌리를 모자 속에다 쑤셔 넣고는 밭을 마저 갈기 시작했다. 잠시 후 마지막 이랑까지 다 갈고 난 다음 쟁기를 뒤집어 놓고 집으로 돌아왔다.

말을 풀어놓고 오두막 안으로 들어가 보니, 맏형인 세묜이 형수와 함께 저녁을 먹고 있었다.

세묜은 논밭을 죄다 몰수당하고 감옥에 갇혀 있다가 가까스로 도망쳐 나온 길이었다. 아버지한테 얹혀 살 요량으로 여기까지 피해 온 것이었다.

세묜은 이반을 보자 이렇게 말했다.

"앞으로 여기서 지내려고 왔다. 나하고 집사람을 거두어 다오. 새 일자리가 생길 때까지만이라도……."

"그러시죠, 뭐. 아무 염려 말고 여기서 지내세요."

이반은 이렇게 대답하고는 의자에 걸터앉았다. 그런데 그의 몸에서 나는 흙냄새가 귀부인의 마음에 몹시 거슬렸다. 귀부인이 남편에게 투정을 부렸다.

"윽, 냄새가 나서 못 견디겠어요. 이렇게 고약한 냄새가 나는 흙투성이와 함께 꼭 밥을 먹어야 하나요?"

그러자 세묜이 말했다.

"네 형수가 네 몸에서 나는 냄새가 싫다고 하니, 너는 저기 문간으로 가서 밥을 먹는 게 좋겠구나."

"아, 그렇게 하죠, 뭐. 그렇잖아도 밤 순찰을 나갈 시각이에요. 말 먹이도 주어야 하고요."

이반은 이렇게 대답하고는 빵과 겉옷을 집어 들고 밤 순찰을 하러 나갔다.

4

첫째 작은 도깨비는 그날 밤에 일을 모두 마치고 약속대로 이반을 맡은 셋째 작은 도깨비를 찾아갔다. 밭으로 가서 셋째 작은 도깨비를 한참 동안 찾아 헤맸지만, 펑하게 뚫려 있는 구멍 하나만 발견했다.

'아무래도 무슨 일이 일어난 모양인데? 좋아, 그렇다면 내가 셋째 작은 도깨비를 대신할 수밖에 없지. 밭은 이제 다 갈아 제쳤으니까, 풀밭으로 가서 그 바보를 골려 주어야겠다.'

첫째 작은 도깨비는 우선 목장으로 간 다음, 이반네 풀밭에 큰물이 들게 했다. 풀밭은 순식간에 진흙투성이가 되어 버렸다. 이반은 이러한 사실을 까맣게 모른 채 가축들을 둘러본 뒤, 다음 날 새벽녘에 큰 낫을 들고 풀을 베러 풀밭으로 나갔다. 그러고는 진흙투성이가 된 바닥을 아랑곳하지 않고 풀을 베기 시작했다. 이상하게도 낫을 한두 번 내두르기만 하면 날이 무뎌져서 들지가 않았다.

그는 혼잣말로 이렇게 중얼거렸다.

"안 되겠다. 집에 가서 숫돌을 가져와야겠어. 간 김에 빵도 좀 챙겨 오고……. 일주일이 꼬박 걸린다 해도 풀을 다 베기 전에는 여기서 떠나지 않을 테야."

이반은 곧장 집으로 갔다. 첫째 작은 도깨비는 그의 말을 듣고 잠시 동안 생각에 잠기더니 이렇게 중얼거렸다.

"제기랄, 이 녀석은 정말 바보로군. 이 녀석에겐 이런 방법으론 안 되겠어. 딴 수를 쓰든지 해야지."

이반은 다시 풀밭으로 돌아와 숫돌에 낫을 간 다음 풀을 베기 시작했다. 첫째 작은 도깨비는 풀 속으로 몰래 기어 들어가서는 낫공치(낫의 쇠붙이와 자루가 이어지는 부분)를 붙잡고 흙 속에 처박기 시작했다. 이반은 다른 때보다 힘이 많이 들었으나 쉬지 않고 계속 일을 했다. 이제 늪 쪽의 한 뙈기 정도만 남아 있었다.

첫째 작은 도깨비는 늪 속으로 기어 들어가며 다짐했다.

'이번에는 손가락이 잘리는 한이 있더라노 풀을 베지 못하게 해야지.'

이반은 늪 쪽으로 걸어갔다. 풀이 그리 억세 보이지는 않는데, 생각처럼 잘 베어지지가 않았다. 약이 바짝 오른 나머지, 낫을 힘껏 내두르기 시작했다. 첫째 작은 도깨비는 더 이상 배겨 낼 재간이 없었다. 뒤로 풀쩍 뛰어 물러날 여유조차 없었기 때문이다. 일이 틀렸다고 생각하고는 덤불 속으로 재빨리 숨었다. 이반은 큰 낫을 마구 휘두르다가 첫째 작은 도깨비의 꼬리를 절반이나 잘라 버렸다.

풀을 다 베고 나자, 누이에게 긁어모으라고 이른 뒤 호밀을 베러 갔다. 이윽고 끝이 꼬부라진 갈고랑이 낫을 가지고 호밀밭으로 들어섰다. 조금 전에 꼬리를 잘린 첫째 작은 도깨비가 먼저

도착해서 호밀을 마구 흩어 놓은 탓에 갈고랑이 낫으로는 베기가 영 힘들었다.

이반은 얼른 집으로 돌아가 보통 낫을 가지고 와서 호밀을 베기 시작했다. 시작한 지 얼마 되지도 않아서 일이 모두 끝이 났다.

"자, 이번에는 귀리를 베어야지."

첫째 작은 도깨비는 이 말을 듣고 속으로 생각했다.

'이번에야말로 저 녀석을 반드시 골려 주어야지. 어디, 내일 아침까지만 두고 보아라.'

이튿날 아침, 첫째 작은 도깨비가 귀리밭으로 달려갔을 때는 귀리를 이미 다 벤 뒤였다. 혹시라도 밤새 귀리의 낟알이 떨어질까 봐 미리 말끔하게 베어 놓았던 것이다. 첫째 작은 도깨비는 약이 머리끝까지 치밀어 올라 이렇게 중얼거렸다.

"이 바보 녀석은 내 꼬리를 잘라 놓은 것도 모자라, 계속해서 나를 괴롭히고 있구나. 전쟁터에서도 이처럼 경을 친 적은 없는데, 이 빌어먹을 놈은 밤에도 잠을 자지 않으니 당최 당해 낼 도리가 없네. 그렇다면 이번에는 호밀가리 속으로 기어 들어가서 모조리 썩혀 버리고 말겠다."

첫째 작은 도깨비는 당장 호밀가리 속으로 파고들어 가서 호밀을 썩히기 시작했다. 그런데 시간이 흐르면서 호밀단 속이 따뜻해지자, 첫째 작은 도깨비는 자기도 모르게 그만 꾸벅꾸벅 졸기 시작했다.

마침 그때, 이반은 암말에다 수레를 매단 뒤 누이와 함께 호밀단을 실으러 왔다. 호밀가리 앞으로 다가가 호밀단을 수레에 싣기 시작했다. 두어 단가량 던져 올렸을 때, 그 안에 잠들어 있던 첫째 작은 도깨비의 등짝이 훤히 드러났다.

이반이 갈퀴로 찍어 올리자, 갈큇발 끝에 꼬리가 잘린 첫째 작은 도깨비가 걸려서 바동거렸다. 첫째 작은 도깨비는 몸을 한껏 움츠린 채 도망치려고 안간힘을 썼다.

그것을 보고 이반이 말했다.

"아니, 요놈 좀 보게. 이런 못된 놈이 있나! 또 나온 게로구나?"

그러자 첫째 작은 도깨비가 말했다.

"아니에요, 제가 아닙니다. 지난번 도깨비는 제 동생이었어요. 그때 저는 당신의 형님이신 세묜한테 붙어 있었거든요."

"네가 어떤 놈이건 똑같이 혼을 내 주어야겠다."

이반은 이렇게 말한 다음, 첫째 작은 도깨비를 말 엉덩이에다 내리쳐 박살을 내려고 했다. 그러자 첫째 작은 도깨비가 사정을 하기 시작했다.

"한 번만 놓아주세요. 이제 다시는 나오지 않겠습니다. 놓아주시기만 하면 당신이 원하는 것은 뭐든 다 해 드리겠습니다."

"그래, 넌 뭣을 할 수 있느냐?"

이반이 묻자 첫째 작은 도깨비가 대답했다.

"당신이 원하신다면 군사를 만들어 드릴 수 있습니다."

"그까짓 게 무슨 소용이 있지?"

"어디에나 유용하게 쓰입죠. 그들은 제 생각대로 무슨 짓이건 다 하게 할 수 있으니까요."

"노래를 부를 수도 있단 말이지?"

"그렇고말고요."

"그럼 어디 한번 만들어 봐."

이반이 말하자 첫째 작은 도깨비가 대답했다.

"이 호밀단을 땅바닥에다 반듯이 세우고 흔들면서 이렇게 말하면 됩니다. '내 종이 이르노니, 밀짚 수만큼 군사가 되어라!'라고요."

이반은 호밀단을 땅바닥에다 세우고 흔들면서 첫째 작은 도깨비가 일러 준 대로 했다. 그러자 호밀단이 산산이 흩어져 수많은 군사가 되더니, 금세 고수와 나팔수가 선두에서 둥당거리기 시작하였다. 이반은 한바탕 웃음을 터뜨렸다.

"그것참, 네놈의 솜씨가 여간하지 않구나! 계집애들이 보면 아주 좋아하겠는걸."

"그럼 이제 저를 놓아주세요."

"안 돼, 그럴 수 없어. 호밀단으로 군사를 만들면 낟알을 모두 버리게 되잖아. 다시 호밀단으로 되돌려 놓는 방법도 가르쳐 주어야지. 낟알을 떨어야 할 게 아니냐?"

그러자 첫째 작은 도깨비가 말했다.

"아, 이렇게 말하시면 됩니다. '내 종이 이르노니, 군사의 수만큼 호밀단이 되어라!'"

이반이 그대로 말하자 군사들이 호밀단으로 바뀌었다. 첫째 작은 도깨비는 또다시 사정했다.

"이제 놓아주세요."

"그래, 그러마."

이반은 첫째 작은 도깨비를 밭두렁에 걸쳐 놓고는 한쪽 손으로 누르며 갈퀴에서 빼 주었다.

"잘 가거라."

이반의 말이 떨어지기가 무섭게 첫째 작은 도깨비는 물속에 던진 돌멩이처럼 금세 땅속으로 뛰어 들어가 버렸다. 그리고 그 자리에는 퀭하게 구멍이 하나 남았다.

이반이 일을 마치고 집으로 돌아왔을 때, 둘째 형인 타라스가 형수와 함께 한창 저녁을 먹고 있었다. 배불뚝이 타라스는 결국 빚을 갚지 못한 채 도망쳐 나오고 말았다.

그는 이반을 보자 이렇게 말했다.

"이반! 내가 다시 장사를 시작할 때까지 집사람과 함께 여기서 지내야겠다."

"네, 얼마든지 계세요."

이반은 이렇게 대답하고는 겉옷을 벗고 식탁 앞에 앉았다. 그러자 타라스가 말했다.

"이반, 너에게서 좋지 않은 냄새가 풍기니 저기 문간으로 가서 먹어라."

"그렇게 하죠, 뭐. 그렇지 않아도 밤 순찰을 나갈 시각이에요. 말 먹이도 주어야 하고요."

이반은 군소리 없이 제 몫의 빵을 들고 바깥으로 나갔다.

5

타라스에게 붙어 있던 둘째 작은 도깨비는 그날 밤 일이 끝나자, 약속대로 셋째 작은 도깨비를 거들어 주기 위해 바보 이반한테로 갔다. 첫째와 셋째 작은 도깨비를 찾아 헤맸으나 끝내 찾지 못하고 휑하게 뚫려 있는 구멍만 발견했다. 그래서 풀밭으로 가 보았더니, 늪 쪽에 작은 도깨비의 몸에서 잘린 꼬리 한 도막이 놓여 있었다. 호밀을 베어 낸 밭으로 갔을 때는 또 하나의 구멍이 보였다.

'아무래도 뭔 일이 생긴 모양이야. 내가 그 바보 녀석을 혼내 줘야지.'

둘째 작은 도깨비는 이렇게 생각하며, 이반을 찾으러 타작마당으로 갔다. 그때 이반은 들일을 다 마치고 숲속에서 나무를 베고 있었다.

두 형이 이반에게 함께 살기에는 집이 비좁다고 하면서, 자기네가 살 집을 새로 지어 달라고 한 것이었다. 둘째 작은 도깨비는 숲으로 달려가 나뭇가지 위로 기어오른 다음, 이반이 나무 베는 것을 훼방놓기 시작했다.

이반은 나무를 쓰러뜨리기 좋게 밑동을 먼저 쳐 놓고 천천히 넘어뜨릴 생각이었다. 그런데 이상하게도 쓰러져서는 안 될 데로 자꾸만 넘어져서 그쪽에 서 있는 나뭇가지에 턱 걸리곤 했다. 별수 없이 다른 나무를 베기 시작했다. 이번에도 아까와 똑같은 상황이 벌어졌다. 결국 이반은 갖은 애를 쓴 끝에야 가까스로 나무를 제대로 쓰러뜨리는 데 성공했다.

바야흐로 세 번째 나무에 달려들었다. 이것 역시 마찬가지였다. 이반은 쉰 그루쯤 벨 수 있을 것으로 생각했는데, 열 그루도 채 베기 전에 해가 뉘엿뉘엿 기울기 시작했다. 이반은 지칠 대로 지쳐 버렸다. 몸에서 김이 안개처럼 모락모락 피어올라 숲속이 자욱해질 지경이었다. 하지만 잠시도 일손을 멈추지 않았다.

한참 만에 나무를 한 그루 더 베어서 눕혔다. 그러자 등짝이 지끈지끈 쑤시기 시작하면서 기진맥진하게 되었다. 그는 도끼를 나무에 박아 놓고는 조금 쉴 생각으로 바닥에 주저앉았다.

둘째 작은 도깨비는 이반이 쉬는 것을 보고는 매우 기뻐했다.

'하, 저놈이 완전히 녹초가 되어서 일을 아예 내팽개쳐 버렸군. 그럼, 나도 이제 좀 쉬어 볼거나?'

둘째 작은 도깨비는 나뭇가지 위에 올라앉아 이반을 바라보며 속으로 한껏 고소해하고 있었다. 그런데 그때 이반이 벌떡 일어나 도끼를 쳐들더니 반대쪽에서 나무를 냅다 내리쳤다. 별안간 나무가 우지끈 갈라지면서 푹 쓰러졌다.

워낙 갑작스레 벌어진 일이라 둘째 작은 도깨비는 미처 피할 겨를이 없었다. 그 서슬에 둘째 작은 도깨비의 손이 지렛대에 끼고 말았다. 이반은 깜짝 놀랐다.

"아니, 요 망할 것! 네 이놈, 또 나왔구나?"

그러자 둘째 작은 도깨비가 말했다.

"제가 아닙니다. 저는 조금 전까지 당신의 형님이신 타라스한테 붙어 있었어요."

"네가 어떤 놈이건 내가 알 바 아니다."

이반은 도끼를 번쩍 치켜들어 둘째 작은 도깨비를 내리쳐 죽이려고 했다. 둘째 작은 도깨비는 두 손을 모아 싹싹 빌면서 애원했다.

"제발 내려치지만 마십시오. 원하시는 것이 있으면 뭐든 다 해 드릴게요."

"그래, 넌 무얼 할 수 있느냐?"

"당신이 원하시는 만큼의 돈을 만들어 드릴 수 있습니다."

"그렇다면 어디 한번 만들어 봐!"

둘째 작은 도깨비는 이반에게 찬찬히 가르쳐 주었다.

"이 떡갈나무 잎을 들고 두 손으로 비비세요. 그러면 금화가 땅바닥에 우르르 떨어질 테니."

이반은 나뭇잎을 손에 들고 마주 비벼 보았다. 아니나 다를까, 누런 금화가 바닥으로 우수수 쏟아져 내렸다.

"이건 어린애들이 가지고 놀기에 참 좋겠는걸."

"그럼 이제 저를 놔주세요."

둘째 작은 도깨비가 말했다.

"그래, 그러지!"

이반은 지렛대를 들고 둘째 작은 도깨비를 빼내 주었다. 그러고는 "잘 가거라." 하고 말했다. 그의 말이 떨어지기가 무섭게, 둘째 작은 도깨비는 물속에 돌멩이를 던지기라도 한 것처럼 금세 땅속으로 기어 들어가 버렸다. 그리고 그 자리에는 구멍 하나가 휑하게 남았다.

6

형제들은 집을 지어 따로따로 살기 시작했다. 이반은 들일을 마치고 맥주를 담근 뒤 두 형을 초대해 잔치를 벌이려 했다. 그러나 형들은 이반의 초대를 받아들이지 않았다. 단지 이렇게 불평을 늘어놓을 뿐이었다.

"우리는 농부들만 있는 잔치는 본 적이 없어."

이반은 할 수 없이 농부와 아낙네들을 불러 잔치를 벌였다. 술을 마시고 어느 정도 취기가 오르자 춤판이 벌어진 한길로 어기적어기적 걸어 나갔다. 그러고는 아낙네들에게 대뜸 자신을 칭찬해 달라고 청했다.

"그러면 여러분이 여지껏 한 번도 구경해 보지 못한 것을 나눠 줄게요."

그 말을 듣고 아낙네들은 웃음을 터뜨리며 이반을 칭찬해 주었다. 그러고 나서 이렇게 말했다.

"자, 이제 나눠 주어요."

"금방 가져올게요."

이반은 이렇게 말한 다음, 씨앗 상자를 안고 숲 쪽으로 뛰어갔다. 아낙네들은 그 모습을 보고 저희끼리 한껏 비웃었다.

"어머, 저 바보 좀 보게!"

그들은 이내 이반을 잊어버리고 다시 즐겁게 놀았다. 그런데 얼마 후, 이반이 씨앗 상자에 무언가를 가득 담은 채 달려오고 있었다.

"자, 어때요? 나누어 줄까요?"

"그래요, 나누어 줘 봐요."

이반은 금화를 한 주먹 쥐어서 아낙네들에게 던졌다. 그러자 갑자기 주변이 몹시 소란스러워졌다. 아낙네들이 금화를 주우

려고 우르르 몰려들었던 것이다. 얼마 뒤에는 농부들도 소문을
듣고 허겁지겁 달려왔다. 그들은 너나없이 금화를 잡아채기에
바빴다. 그 서슬에 할머니 한 명이 사람들의 발에 밟힐 뻔하기
까지 했다.

이반은 사람들이 하는 양을 보고 껄껄 웃어 댔다.

"서로 밀치지 말아요. 얼마든지 더 줄 테니까."

그는 이렇게 말한 뒤 금화를 다시 흩뿌렸다. 많은 사람들이 잇
따라 떼지어 왔다. 이반은 씨앗 상자 속에 들어 있던 금화를 한
길에다 전부 뿌렸다. 사람들은 그것을 다 주워 놓고도 더 달라
고 성화를 부렸다.

이반은 이렇게 말했다.

"다 털어 버렸어요. 다음에 또 줄게요. 자, 이제 춤을 좀 추어
볼까? 누가 노래 좀 불러 봐요."

아낙네들이 노래를 부르기 시작했다. 그러자 이반이 말했다.

"재미없는데, 이런 노래는……."

아낙네들이 물었다.

"그럼 어떤 노래가 좋아요?"

"내가 곧 보여 줄게요."

이반은 헛간으로 가서 보릿단을 한 움큼 뽑아 쥐었다. 그러고
는 낟알을 모두 떨어낸 다음, 반듯이 세워 놓고 발로 툭 차며 이
렇게 말했다.

"자, 내 종이 이르노니……."

그러자 보릿단이 산산이 흩어져 군사가 되더니 북과 나팔을 들고 쿵작거리기 시작했다. 이반은 군사들에게 노래를 부르라고 이른 뒤, 그들과 함께 한길로 나갔다.

사람들은 깜짝 놀라 입을 쩍 벌렸다. 하지만 이내 군사들과 어울려 노래를 부르며 즐겁게 놀았다. 얼마 후 이반은 사람들에게 뒤따라와서는 안 된다고 단단히 일러 놓고는, 군사들을 도로 헛간으로 데리고 가서 본디대로 돌린 다음 풀 더미 위에 획 내던졌다. 그러고 나서 집으로 돌아와 마구간에 들어가 잠이 들었다.

7

이튿날 아침, 맏형인 무관 세묜이 이 일을 전해 듣고 이반을 찾아왔다.

"너, 나한테 죄다 털어놔 봐. 도대체 그 군사들을 어디서 데려온 거냐? 그리고 또 어디로 데려간 거지?"

"그걸 왜 물으시는 거예요?"

"왜 묻느냐고? 군사만 있으면 뭐든 다 할 수 있으니까 그렇지. 나라를 얻을 수도 있어."

이반은 형을 헛간으로 데리고 가서 이렇게 말했다.

"알았어요. 그럼 군사를 만들어 드릴게요. 그 대신 꼭 데리고 떠나셔야 해요. 그 군사들을 여기서 먹여 살리려면 하루 만에 온 동네를 몽땅 털어야 될 테니까요."

세묜이 군사를 데리고 떠나겠노라고 약속하자, 이반은 보릿단으로 군사를 만들기 시작했다. 그는 먼저 보릿단으로 타작마당을 힘껏 내려쳤다. 그러자 1개 중대의 군사가 만들어졌다. 또한 번 내려치자, 1개 중대의 군사가 더 생겨났다. 그리하여 얼마뒤에는 온 들판을 가득 메울 만큼의 군사를 만들어 냈다.

"어때요? 이만하면 됐어요?"

"그래, 이제 그만해도 돼. 고맙다, 이반."

세묜은 크게 기뻐하며 말했다.

"뭘요. 만일 더 필요하시거든 언제든지 오세요. 더 만들어 드릴 테니까요. 요새는 보릿짚이 많이 있으니까 별문제 없어요."

세묜은 군대를 지휘하여 대오를 갖추게 한 다음 전쟁을 하기 위해 길을 떠났다. 세묜이 떠나자 이번에는 배불뚝이 타라스가 이반을 찾아왔다. 그 역시 어제의 일을 알고 있었다. 그는 아우에게 이렇게 간청했다.

"숨기지 말고 말해 봐. 어디서 그렇게 많은 금화를 얻었지? 만일 나한테 그만한 돈이 있다면 그것을 밑천으로 온 세계의 돈을 다 긁어모을 수 있을 거야."

"그래요? 그렇다면 진작 말씀하시지. 형님께서 원하시는 만큼 만들어 드리죠."

타라스는 크게 기뻐했다.

"나는 씨앗 상자로 세 개만 있으면 된다."

"그럼, 그렇게 하세요. 어서 숲속으로 갑시다. 그런데 말을 끌고 가셔야죠. 꽤 무거울 텐데요."

두 사람은 곧 말을 타고 숲속으로 갔다. 이반은 떡갈나무에서 잎을 싹 훑어 낸 다음 손으로 마주 비비기 시작했다. 잠시 후, 이반의 손에서 금화가 쏟아져 산더미처럼 쌓였다.

"어때요, 이만하면?"

타라스는 기뻐서 어쩔 줄 몰라 했다.

"이만큼만 있으면 충분하다. 고맙다, 이반."

"별말씀을요. 더 필요하시거든 언제든지 오세요. 더 만들어 드릴게요. 잎사귀는 얼마든지 있으니까요."

배불뚝이 타라스는 달구지에다 금화를 가득 싣고 장사를 하러 떠났다.

이리하여 두 형은 제 갈 길로 갔다. 세묜은 전쟁을 시작하고 타라스는 장사를 시작했다. 그 후 세묜은 두 나라를 정복하고 배불뚝이 타라스는 큰돈을 벌었다.

그러던 어느 날, 세묜과 타라스가 만나 서로의 일에 관해 얘기를 나누게 되었다. 세묜은 군대를 얻은 경위에 대해서, 타라스는 돈을 얻게 된 경위에 대해서.

세묜이 아우에게 말했다.

"나는 말이다. 나라를 정복해서 잘 지내고 있기는 한데, 돈이
좀 넉넉지 못해. 군대를 먹여 살리려면 돈이 많이 필요하거든."

그러자 타라스가 말했다.

"나는 말이에요. 돈은 어지간히 모았는데, 그것을 지킬 사람이
없어서 걱정이에요."

그때 세묜이 말했다.

"우리, 이반에게 찾아가 보자꾸나. 나는 그 녀석에게 군대를
더 만들게 하여 네 돈을 지키게 하고, 너는 그 군내를 먹여 살릴
만큼의 돈을 만들어 달라고 해서 나에게 주면 되지 않겠느냐?"

그리하여 두 사람은 다시 이반을 찾아갔다. 이반의 집에 도착
하자 세묜이 먼저 말문을 열었다.

"얘, 이반아, 아무래도 군사가 좀 모자라. 그러니까 군사를 좀
더 만들어 다오. 한두 짚가리만이라도 좋으니……."

이반은 고개를 가로저었다.

"안 돼요. 형님에게는 더 이상 군사를 만들어 드리지 않을 겁
니다."

"아니, 왜 그러는 거지? 지난번에는 얼마든지 만들어 주겠다
고 약속했잖아?"

"물론 약속했지요. 그러나 이제 더는 만들지 않겠습니다."

"아니, 어째서 만들어 줄 수 없다는 거냐? 이 바보 녀석아!"

"형님의 군사가 사람을 죽였기 때문이에요. 이즈막의 일인데요. 길가 쪽의 밭을 갈고 있다가 본 것인데, 한 아주머니가 그 길로 널을 지고 가면서 슬피 통곡하고 있지 않겠어요? 그래서 무슨 일이냐고 물어봤죠. '누가 돌아가셨어요?' 하고요. 그러자 그 아주머니가 '세묜의 군사가 전쟁터에서 내 남편을 죽였다오.' 이렇게 말하는 거예요. 나는 군대가 노래를 부르는 줄로만 알고 있었는데……. 세상에, 사람을 죽였다잖아요. 그러니까 이제 더는 군사를 만들지 않을 거예요."

이반은 더 이상 군사를 만들지 않겠다고 끝까지 고집을 피웠다. 그때 배불뚝이 타라스도 이반에게 금화를 더 만들어 달라고 사정했다.

이번에도 이반은 고개를 절레절레 흔들었다.

"안 돼요. 금화를 만들지 않겠습니다."

"갑자기 왜 그러지? 너는 필요하면 얼마든지 만들어 주겠다고 약속했잖아?"

"물론 약속이야 했죠. 하지만 이제 더는 만들지 않겠다고요."

"어째서 만들지 않겠다는 거냐? 이 바보 녀석아!"

"형님의 금화가 미하일로브나에게서 암소를 빼앗아 갔기 때문이에요."

"어째서 빼앗겼다던?"

"미하일로브나한테 암소 한 마리가 있었어요. 그 집 아이들은 그 암소에게서 짜낸 우유를 마시며 편안히 지내고 있었지요. 그런데 얼마 전에 그 집 아이들이 찾아와서 우유를 달라고 조르는 거예요. 그래서 '너희 집 암소는 어디 있지?' 하고 물었더니, '배불뚝이 타라스가 찾아와서 엄마에게 금화 세 닢을 주고 암소를 끌고 가 버렸어요. 그래서 우리는 이제 마실 것이 없어요.'라고 하더군요. 나는 형님이 금화를 노리개로 삼는 줄 알았는데, 어린 아이들한테서 암소를 빼앗아 가 버리다니요. 나는 이제 형님에게 금화를 만들어 드리지 않겠어요!"

바보 이반은 끝내 고집을 피우너 디 이상 군사와 금화를 만들어 주지 않았다. 그래서 형제는 허탕을 친 채로 그곳을 떠날 수밖에 없었다. 둘은 돌아가는 길에 이 난관을 어떻게 헤쳐 나갈 것인지 머리를 맞대고 상의를 했다.

세몬이 말했다.

"그럼 이렇게 하자. 네가 나에게 가진 돈의 절반을 주어 군대를 먹여 살리게 하고, 내가 너에게 군사의 절반을 주어서 네 돈을 지키도록 하는 거야."

타라스는 형의 말에 금방 동의했다.

그리하여 두 형제는 가지고 있는 것을 반씩 나누었다. 그 덕분에 두 사람 다 부자가 되었고, 각자의 나라에서 왕이 되었다.

8

이반은 여전히 자신의 집에서 부모님을 봉양하며 벙어리 누이와 들에서 열심히 일했다. 한번은 이런 일이 있었다. 이반의 집에서 키우는 늙은 개한테 옴이 생겨 거의 죽을 지경에 이르렀다. 이반은 그것을 가엾게 여긴 나머지, 벙어리인 누이에게서 빵을 한 조각 얻은 다음 모자 속에 넣고서 개에게 다가갔다. 그러고는 개에게 빵을 던져 주었는데, 마침 모자에 구멍이 뚫려 있어서 빵과 함께 작은 도깨비가 준 뿌리 하나가 굴러떨어졌다.

늙은 개는 멋모르고 그것을 주워 먹었다. 그 순간 갑자기 생기가 돌아 풀쩍 뛰어오르더니, 장난을 치기도 하고 꼬리를 흔들기도 했다. 병이 말끔히 나은 것이었다.

아버지와 어머니는 그것을 보고 깜짝 놀랐다.

"너는 무엇으로 개를 낫게 했지?"

이반이 말했다.

"어떤 병이든 낫게 하는 풀뿌리를 가지고 있었는데, 그것 중 하나를 이 개가 먹은 거예요."

마침 그 무렵, 왕의 딸이 병을 앓고 있었다. 왕은 방방곡곡의 도시와 시골에 방(여러 사람에게 널리 알리기 위해 길거리나 벽에 써 붙이는 글)을 붙이게 하여, 누구라도 공주의 병을 낫게 해 준다면 크게 포상할 것이라 하였다. 게다가 만일 그가 독신이라면 공주와 결혼시키겠다는 말도 덧붙였다. 이반의 마을에도 이와 같은 내용의 방이 벽에 나붙었다.

아버지와 어머니는 이반을 불러 놓고 이렇게 말했다.

"너도 폐하께서 어떤 방을 붙이셨는지 들었지? 너는 무슨 병이든 고칠 수 있는 풀뿌리를 가지고 있으니, 어서 찾아가서 공주님의 병을 낫게 해 보려무나. 그러면 너는 한평생 행복을 누리게 될 것 아니냐?"

"그렇게 해 보죠."

이반은 이렇게 대답한 다음, 곧바로 떠날 채비를 했다. 부모님은 나들이옷을 꺼내 깔끔하게 차려입혀 주었다. 이반은 문간을 나서다가, 손이 꺼멓게 썩은 여자 거지가 서 있는 것을 보았다.

"듣자니까 당신은 무슨 병이든 다 낫게 해 준다면서요? 어디, 내 손도 좀 낫게 해 주시구려. 이대로는 내 손으로 신발조차 신을 수가 없다오."

여자 거지가 말했다.

"그렇게 해 주지요."

이반은 풀뿌리를 꺼내어 그 여자 거지에게 주고는 삼키라고 일렀다. 여자 거지가 그것을 삼키자, 순식간에 병이 나아 손을 내두를 수 있게 되었다. 그때 아버지와 어머니가 이반을 임금에게 데려가기 위해 밖으로 나오다가, 이반이 하나밖에 남지 않은 풀뿌리를 여자 거지에게 주는 것을 보고는 입을 모아 욕을 퍼부었다.

"그래, 거지 따윈 가엾게 여기면서 공주가 아픈 건 아무렇지도 않더란 말이냐? 이놈을 그냥!"

순간, 이반은 공주가 몹시 가엾게 여겨졌다. 그래서 수레에 짚을 깔고 말 궁둥이에 매단 뒤 그 위에 넙죽 올라앉았다.

"도대체 너는 지금 어디로 가려는 거냐? 이 바보 녀석아!"

"공주님의 병을 고치러 갑니다."

"너에겐 병을 치료할 수 있는 게 아무것도 없잖아."

"뭐, 걱정하지 마세요."

그는 이렇게 말하고는 말을 몰았다.

얼마 후 이반은 궁궐에 닿았다. 그런데 이상하게도 그가 궁궐 문 앞에 내려서자마자 공주의 병이 씻은 듯이 나았다. 왕은 크게 기뻐하며 신하에게 이반을 데려오라고 하였다. 그러고는 이반에게 근사한 옷을 차려입혔다.

왕이 말했다.

"이제부터 그대는 짐의 부마(임금의 사위)로다."

"황공하옵니다."

이반이 대답했다.

이반은 곧 공주와 결혼했다. 왕은 오래지 않아 세상을 떠났고, 이반은 그 나라의 새 왕이 되었다. 이것으로 세 형제 모두 각자의 나라에서 왕이 되었다.

9

세 형제는 저마다 나라를 다스리고 있었다.

맏형인 세묜은 짚으로 만든 군대를 토대로 진짜 군사를 모집했다. 전국에서 열 집마다 한 명씩 군사를 내되, 키가 크고 살갗이 희며 얼굴이 깨끗해야 한다는 조건을 내걸었다. 이런 조건을 가진 군사를 잔뜩 모집하여 모두 훈련을 시켜 놓았다.

혹시라도 자신의 뜻을 거스르는 자가 있으면 곧바로 응징하였다. 그 바람에 사람들은 그를 몹시 두려워하게 되었다. 그의 생활은 몹시 호화로웠다. 머릿속에 떠오르거나 눈에 띄는 것은 무엇이든 차지해 버렸다. 군대만 풀어놓으면 그가 필요로 하는 것을 빼앗아 오기도 하고 데려오기도 하였다.

배불뚝이 타라스의 생활도 호화롭기는 마찬가지였다. 이반에게서 얻은 돈을 밑천으로 삼아 어마어마한 돈을 모았다. 그는 그럴싸한 법률까지 만들어 놓았다. 그러고는 제 돈은 궤 속에 안전하게 넣어 두고서 백성들의 돈을 더 우려내려고 혈안이 되었다.

그는 인두세(성·신분·소득 등에 관계없이, 가족의 수에 따라 매기는 조세), 통행세, 거마세, 짚신세, 옷끈세로 백성들의 돈을 모질게 짜냈다. 그리하여 그에게는 없는 것이 없었다. 사람들은 항상 돈이 궁했기 때문에 무엇이든 그에게 가져와 돈으로 바꾸었을 뿐 아니라 어떤 일이든 하려고 쉴 새 없이 몰려들었다.

바보 이반의 생활도 그리 나쁘지는 않았다. 장인의 장례를 치르기가 바쁘게 왕의 옷과 띠를 벗어 던지고서 왕비의 옷장에 잘 넣어 두게 했다. 그러고는 삼베 속옷에 잠방이를 걸치고 짚신을 신은 채 밤낮없이 일에 매달렸다.

그는 이렇게 말했다.

"답답해서 못 견디겠어. 배만 자꾸 불러 오는 데다 먹을 수도 없고 잠을 잘 수도 없으니……."

이반은 부모님과 벙어리 누이를 불러와 또다시 일을 하기 시작했다. 사람들이 그에게 물었다.

"당신은 왕이 아니십니까?"

그러면 그는 이렇게 대답했다.

"아니, 일없어. 왕도 먹어야 하니까."

그러던 어느 날, 신하가 다가와 말했다.

"녹봉을 치를 돈이 한 푼도 없사옵니다."

"뭐, 일없어. 돈이 없으면 안 주면 되지."

"그럼 그들은 앞으로 일을 하지 않을 것이옵니다."

"그러라지, 뭐. 내버려 둬. 일하지 않아도 돼. 오히려 자유롭게 일하게 되겠지. 모두들 거름이나 내게 해. 거름은 많이 만들어 놓았을 테니까."

사람들이 이반에게 재판을 받으려고 찾아왔다. 그중 한 사람이 말했다.

"저자가 소인의 돈을 훔쳤사옵니다."

이반이 말했다.

"아, 좋아, 좋아! 그러니까 저자는 돈이 필요했다 그 말이지?"

오래지 않아 사람들은 이반이 바보라는 사실을 알게 되었다. 보다 못한 왕비가 그에게 이렇게 말했다.

"모두들 폐하를 바보라고 말하고 있다 하옵니다."

이번에도 이반의 대답은 간단했다.

"아, 상관없어."

왕비는 골똘히 생각에 잠겼다. 사실은 그녀 또한 바보였다.

"제가 어찌 폐하의 뜻을 감히 거스르겠나이까? 실은 바늘이 가는 대로 따라야 하는 것이거늘."

왕비는 이렇게 말하고는 호화스런 옷을 벗어 옷장 속에 고이 집어넣고서 벙어리 시누이에게 농사일을 배우러 갔다. 어느 정도 일을 익히고 난 뒤에는 남편의 일을 제법 쓸모 있게 거들기 시작했다.

똑똑한 사람들은 모두 이반의 나라를 떠나 버리고, 남은 자들은 온통 바보들뿐이었다. 돈은 어느 누구에게도 없었다. 모두가 일을 하면서 스스로 생계를 꾸렸으며, 다른 사람에게 큰일이 생기면 다 같이 달려가서 도와주며 살았다.

10

큰 도깨비는 작은 도깨비들이 세 형제를 어떻게 파멸시켰는 지에 대한 소식이 오기를 학수고대하였다. 그러나 시간이 아무리 지나도 들려오는 소식이 없었다. 그래서 사정을 살펴보기 위해 직접 나가 여기저기 돌아다녔지만, 찾아낸 것이라곤 그저 구멍 세 개뿐이었다.

'아무래도 실패한 모양이군.'

그는 이반 형제들을 찾으러 갔으나 예전에 살던 곳에는 아무도 없었다. 한참을 찾아 헤맨 끝에 각기 다른 나라에서 차례로 발견을 하였다. 어처구니없게도 셋이 다 건재했으며, 저마다의 방식으로 나라를 다스리고 있었다.

큰 도깨비는 그것을 보고 혼잣말로 중얼거렸다.

"이렇게 된 이상 내가 나설 수밖에 없군."

그는 먼저 세묜의 나라로 갔다. 그리고 제 모습을 감추기 위해 교묘하게 둔갑한 후 세묜 왕을 찾아갔다. 그는 이렇게 말했다.

"폐하, 듣자오니 폐하께서는 아주 위대한 무인이신 듯하옵니다. 신도 그 일에 확고한 뜻이 있사와 폐하를 섬기고자 하옵니다만."

세묜 왕은 여러 가지를 물어보고 난 후, 그가 현명한 사람이라 판단하고 뽑아서 쓰기로 했다. 새로 기용된 장수는 강력한 군대를 모으는 방법을 세묜 왕에게 건의했다.

"첫째, 더 많은 군사를 모아야 할 줄로 아뢰옵니다. 그렇게 하지 않으면 이 나라에는 집안일만 하는 백성이 너무 많사옵니다. 특히 젊은 사람들은 남김없이 징집하셔야 하옵니다. 둘째, 신식 소총과 대포를 만들어야 하옵니다. 신이 단번에 백 발의 총알이 나가는 소총을 만들어 올리겠사옵니다. 또, 어떠한 것이든 불로 태워 버릴 수 있는 무서운 성능의 대포도 만들어 올리겠사옵니다. 그것은 사람이고 말이고 성벽이고 할 것 없이, 모든 것을 깡그리 불태워 없애 버릴 것이옵니다."

세묜 왕은 새로 기용한 장수의 진언을 기꺼이 받아들였다. 그리하여 젊은이들을 모조리 군대에 징집할 것을 명령하고, 또 공장을 세워서 신식 소총과 대포를 한꺼번에 만들어 내게 했다. 그러고는 이웃 나라에 대뜸 전쟁을 선포했다.

세묜 왕은 전쟁이 벌어지자마자 군사들에게 총과 대포를 적에게 마구 퍼부으라고 명령했다. 그리하여 단숨에 절반을 쳐부수고 절반을 불태웠다. 이웃 나라의 왕은 세묜 왕의 공세에 기겁하여 항복하고는 금방 자기 나라를 바쳤다.

세묜 왕은 크게 기뻐하며 말했다.

"이번에는 인도를 정복해야지."

인도 왕은 세묜 왕에 관한 소문을 듣고 그의 전략을 파악한 다음 계책을 세웠다. 일단 젊은이들을 모두 군대에 징집하고 독신

의 여자들까지 모조리 끌어모았다. 그리하여 그의 군사는 수적
으로 세몬 왕의 군사보다 훨씬 더 많아졌다.

그뿐만이 아니었다. 소총과 대포를 만드는 방법은 물론, 사람
이 공중으로 날아올라 적의 머리 위에서 포탄을 던지는 방법까
지 고안해 냈다.

세몬 왕은 이런 사실을 까맣게 모른 채 인도 왕에게 전쟁을 선
포했다. 이번 전쟁도 지난번과 마찬가지로 일격에 승리할 것이
라 굳게 믿었다. 그러나 날카로운 낫이라고 언제까지나 잘 드는
것은 아닌 법!

인도 왕은 세몬 왕의 군대가 사정 거리에 들어오기도 전에, 여
군들을 공중으로 띄워 적군의 머리 위에다 포탄을 던지게 했다.
여군들은 진딧물에 약을 뿌리듯, 세몬 왕의 군대에 포탄을 마구
퍼붓기 시작했다. 세몬 왕의 군대는 혼비백산하여 이리저리 흩
어져 달아나고, 나중엔 세몬 왕 혼자만 남게 되었다.

결국 세몬 왕은 인도 왕에게 나라를 빼앗긴 채 도망자가 되어
발 닿는 대로 정처 없이 떠돌아다니는 신세가 되었다.

큰 도깨비는 이렇게 맏형을 결딴낸 다음, 곧바로 타라스 왕을
찾아갔다. 그는 장사치로 둔갑한 후 타라스 왕의 나라에 자리를
잡고는 선심을 베풀 듯이 돈을 마구 쏟아부었다. 이 장사치는
어떤 물건이든 높은 값으로 셈을 해 주었으므로, 백성들은 너나
없이 돈을 벌 욕심으로 물건을 들고 몰려갔다.

그 덕택에 백성들의 주머니가 순식간에 두둑해졌다. 백성들은 어떤 세금이건 기한 안에 꼬박꼬박 바치게 되었다. 타라스 왕은 크게 기뻐하며 그 장사치를 고맙게 여겼다. 날이 갈수록 사람들은 살림살이가 나아졌고, 타라스 왕에게는 더 많은 돈이 생겼다.

그러던 어느 날, 타라스 왕은 새로운 계획을 품고 새 궁전을 짓기 시작했다.

"재목과 돌을 날라라. 일을 하러 나오라."

그는 백성들에게 이렇게 명령을 내린 뒤, 일마다 품삯을 높게 매겼다. 백성들이 돈을 벌기 위해 일을 하러 몰려들 것이라고 잔뜩 기대하면서.

그런데 뜻밖의 일이 벌어졌다. 궁궐을 지을 재목과 돌이 모두 그 장사치에게로 실려 갔다. 일꾼들도 모조리 그리로 몰려가 버렸다. 타라스 왕은 별수 없이 품삯을 더 올렸다. 그러자 장사치는 품삯을 왕의 임금보다 높게 매겼다. 그러다 보니, 궁전은 착공만 한 채 좀처럼 작업에 진척이 없었다.

이번에는 타라스 왕이 정원을 만들려는 계획을 세웠다. 가을이 되자, 백성들에게 정원을 만들러 오라고 일렀다. 그러나 아무도 일을 하러 나오지 않았다. 모두들 장사치네 연못을 파러 가 버린 것이었다.

겨울이 왔다. 타라스 왕은 털외투를 새로 만들기 위해 신하에게 검은 담비 가죽을 사 오라고 지시했다. 얼마 후, 신하가 빈손으로 돌아와서 말했다.

"그 장사치가 모조리 사들이는 바람에 검정 담비 가죽이 한 필도 남아 있지 않사옵니다. 그자는 비싼 값으로 사들인 다음, 그 가죽으로 방석까지 만들었다 하옵니다."

얼마 후, 타라스 왕은 종마(품종 개량이나 번식을 위해서 기르는 좋은 품종의 수말)를 사들이기로 하였다. 그래서 신하들을 보냈더니 하나같이 빈손이었다. 좋은 종마는 모두 그 장사치의 손에 들어가, 연못을 채울 물을 실어 나르고 있다는 것이었다.

백성들은 이제 타라스 왕의 일은 아무것도 하려 들지 않았다. 오로지 장사치의 일을 해서 번 돈으로 세금을 낼 뿐이었다. 그 바람에 타라스 왕은 돈이 남아돌아 어디에 두어야 할지조차 모를 지경이 되었다.

그런데 이상하게도 생활은 점점 나빠졌다. 타라스 왕은 더 이상 새로운 계획을 세우지 않고, 어떻게 살아 나갈 것인지를 궁리하는 데 골몰했다. 하지만 그것마저도 여의치가 않았다. 그를 둘러싼 모든 것이 옹색해져 갔다. 요리사도, 사제들도 모두 장사치 쪽으로 빠져나갔기 때문이다.

언제인가부터는 식료품까지 모자라기 시작했다. 시장에 물건을 사러 나가 보아야 아무것도 구할 수가 없었다. 장사치가 모든 것을 사들였기 때문이다. 타라스 왕이 할 수 있는 거라곤 세

금으로 돈을 거둬들이는 것뿐이었다.

타라스 왕은 너무너무 화가 난 나머지, 장사치를 국외로 내쫓아 버렸다. 그러나 장사치는 국경에 도사리고 앉아 똑같은 짓을 계속했다. 사람들은 여전히 장사치의 돈을 보고 그에게만 몰려갈 뿐, 타라스 왕에게는 단 한 명도 오지 않았다.

타라스 왕의 사정은 더 이상 버티기 힘들 지경에 이르렀다. 며칠씩 먹지도 못할 때가 있는가 하면, 장사치가 왕비까지도 사려 한다는 풍문이 들려오기도 했다. 타라스 왕은 주눅이 들어서 더 이상 어찌해야 할지 방법조차 찾을 수가 없었다.

그러던 어느 날, 세폰 왕이 타라스 왕을 찾아와 말했다.

"날 좀 도와줘. 인도 왕에게 패하고 말았어."

그 무렵, 배불뚝이 타라스 왕은 뱃가죽이 등뼈에 붙을 지경이 돼 있었다.

"난 꼬박 이틀이나 아무것도 먹지 못하고 있어요."

11

큰 도깨비는 이렇게 두 형제를 망하게 한 다음 이반에게로 갔다. 그는 일단 이반에게 군대를 만들라고 하였다.

"폐하께서 군대도 없이 지내신다는 것은 체통이 서지 않는 일이옵니다. 어명을 내리시기만 하면, 폐하의 백성 가운데서 군사를 뽑아 훌륭한 군대를 만들어 올리겠사옵니다."

이반은 그의 말을 듣고 나서 이렇게 말했다.

"듣고 보니 좋은 말이오. 그럼 어디 한번 만들어 보오. 무엇보다 그들이 노래를 잘 부르도록 가르치시오. 나는 그런 걸 아주 좋아하니까."

큰 도깨비는 이반의 나라를 돌아다니면서 지원병을 모집하기 시작했다. 군대에 지원하는 사람에게는 보드카 한 병과 빨간 모자를 주겠다고 하였다.

바보들은 코웃음을 쳤다.

"술 따윈 우리에게 얼마든지 있다고. 우리는 술을 직접 빚고 있으니까. 모자도 아낙네들이 갖고 싶은 대로 다 만들어 준단 말이지. 색이 알록달록한 것이나 술이 너슬너슬 달린 것까지도."

그리하여 한 사람도 군대에 지원하지 않았다. 큰 도깨비는 다시 이반을 찾아갔다.

"이 나라의 바보들은 자진해서 군사가 되려고 하지 않사옵니다. 그러한즉 그들을 권력으로써 몰아 대어야 할 줄 아뢰오."

"그래, 그것도 좋겠군. 그럼 권력으로 몰아 대어 보오."

큰 도깨비는 곧 이렇게 선포하였다.

"백성들은 모두 군사가 되어야 한다. 만일 이를 거역하는 자가 있으면 이반 왕께서 참형을 내릴 것이니라."

바보들은 장수를 찾아가 이렇게 말했다.

"당신은 우리가 군대에 지원하지 않으면 폐하께서 참형을 내리신다고 말하는데, 군대에 지원해서 군사가 되면 어떻게 된다는 얘기는 전혀 하지 않고 있군요. 군대에 나가면 목숨을 잃는다는 말이 있던데, 혹시 그게 사실인가요?"

"그렇지, 그런 일이 전혀 없는 건 아니지."

그 말을 듣자 바보들은 하나같이 옹고집이 되어 버렸다.

"우리는 군대에 지원하지 않겠습니다. 차라리 집에서 편안히 죽는 편이 더 낫지 않겠습니까? 어차피 죽는 거라면……."

"너희는 참으로 바보로군. 군사가 된다고 해서 반드시 죽는 것은 아니다. 그렇지만 군사가 되지 않으면 이반 왕에게 영락없이 죽임을 당하고 말 것이다. 이 바보들아!"

바보들은 곰곰 생각하다가 왕인 바보 이반에게 직접 물어보러 갔다.

"장수가 나와서 저희에게 군사가 돼라고 명령하고 있습니다. 군대에 지원하면 죽을지 죽지 않을지 모르지만, 지원하지 않으면 저희에게 참형을 내리겠다고 말씀하셨다는데, 그것이 사실이옵니까?"

이반은 껄껄 하고 큰 소리로 웃었다.

"짐이 어떻게 혼자서 그대들을 모두 참형에 처할 수 있으리오? 짐이 바보가 아니라면 그대들이 알아듣기 쉽게 설명할 수 있으련만, 사실은 짐도 뭐가 뭔지 도통 모르겠소."

"그렇다면 저희는 군대에 나가지 않겠사옵니다."

"그렇게들 하시오. 나가지 않아도 좋아요."

바보들은 장수에게로 가서 군사가 되기를 거절하였다. 큰 도깨비는 일이 뜻대로 되지 않자, 이웃 나라의 타라칸 왕을 찾아가서 비위를 맞추며 싸움을 부추겼다.

"전쟁을 해서 이반 왕의 나라를 칩시다. 그 나라에는 비록 돈은 없지만 곡식과 가축은 물론, 그 밖의 다른 물건들이 풍부하게 있으니까요."

타라칸 왕은 전쟁을 하기로 마음먹었다. 그리하여 군사를 모으고 총과 대포를 준비하였다. 그 모든 것이 갖추어지자 이반의 나라를 공격하기 시작했다. 백성들은 이반에게 달려가 이렇게 아뢰었다.

"타라칸 왕이 싸움을 걸어 왔사옵니다."

"걸 테면 걸어 보라지, 뭐. 난 아무래도 상관없다."

타라칸 왕은 국경을 넘자 척후병(적의 지형이나 형편을 살피는 임무를 맡은 병사)을 보내어 이반 왕 군대의 동정을 살피게 했다. 척후병은 여기저기 돌아다녀 보았지만 군대 같은 것은 그 어디에도 보이지 않았다. 언제 어디서 나타날지 모른다는 생각에 한참을 기다려 보았으나, 군대에 관한 정보는 한 마디도 듣지 못했다. 누구와 싸움을 해 보려 해도 싸울 상대가 없는 셈이었다.

결국 타라칸 왕은 군사를 보내어 마을을 점령하게 했다. 군사들이 어느 마을에 들이닥쳤다. 그러자 놀란 바보들이 밖으로 뛰어나와 군사들을 바라보더니 미심쩍은 듯한 표정을 지었다. 군사들은 바보들에게서 곡식과 가축을 약탈했다. 바보들은 무엇이건 선선히 내주었다. 자기 것을 지키려 애쓰기는커녕, 오히려 이곳에 와서 같이 살자고 권유하기까지 했다.

다른 마을로 가 보았으나 거기도 마찬가지였다. 군사들은 그날도 그 이튿날도 여기저기 진종일 돌아다니고 또 돌아다녔다. 하지만 가는 곳마다 마찬가지였다. 가진 것을 아낌없이 퍼 줄 뿐, 어느 누구도 자기 것을 지키려고 애쓰지 않았다.

그들은 이렇게 말했다.

"이것 보세요, 당신들 나라에서 살기가 어렵거든 우리나라로 와서 같이 살아요."

군사들은 사방팔방 헤매고 돌아다녀 보았으나 군대 같은 것은 그 어디에도 없었다. 백성들은 모두 일을 하면서 스스로의 힘으로 살아갔으며, 어려운 일이 있을 때는 기꺼이 이웃을 도왔다. 그렇기에 제 한 몸만을 지키려 버둥거리기는커녕 오히려 이곳으로 와서 함께 살자고 권유하기까지 했다.

군사들은 곧 지루해졌다. 그래서 타라칸 왕에게로 돌아갔다.

"소신들은 전쟁을 할 수가 없사옵니다. 소신들을 다른 나라로 보내 주시옵소서. 전쟁이 일어나야 무엇이든 할 수 있을 텐데,

대체 이게 무엇이옵니까? 마치 선량한 사람을 참살하는 것 같아서 이 나라에서는 차마 싸울 수가 없사옵니다.”

타라칸 왕은 화가 머리끝까지 치밀었다. 그래서 온 나라를 쑥대밭으로 만들어 버리라고 하였다. 마을마다 돌아다니면서 집과 곡식을 불사르고 가축을 죽여 버리라고 명령하였다.

“만일 어명을 따르지 않는 자가 있으면 그 누구를 막론하고 처벌하여라.”

군사들은 깜짝 놀라 임금의 명령대로 실행하기 시작했다. 그들은 집이며 곡식을 불태우고 가축을 죽이기 시작했다. 그런데도 바보들은 자기 것을 지키려고 하지 않고 그저 슬프게 울 뿐이었다.

“어쩌자고 너희는 우리를 괴롭히는 거냐? 너희는 어째서 우리의 재산을 결딴내는 거냐? 필요하거든 차라리 가져가는 게 더 나을 것 아니냐?”

군사들은 곧 침울해졌다. 그래서 더 이상 돌아다니기를 그만두었다. 마침내 군대는 뿔뿔이 흩어지고 말았다.

12

결국 큰 도깨비는 이반의 나라를 떠나 버렸다. 군대의 힘으로는 이반을 골리지 못했기 때문이다. 얼마 후 큰 도깨비는 말쑥한 신사로 둔갑한 다음, 다시 이반의 나라로 찾아갔다. 배불뚝이 타라스 왕과 마찬가지로, 이반을 돈으로 골려 주고 싶었던 것이다.

"나는 훌륭한 지식을 전달함으로써 당신들에게 착한 일을 해 보려 합니다. 당신의 나라에서 집을 지은 다음 장사를 시작하도록 하겠습니다."

"거, 좋은 일이오. 뜻이 그러하다면 얼마든지 여기서 사시죠."

한 벼슬아치가 신사에게 집을 빌려 주었다. 신사는 그 집에서 잠자리에 들었다. 하룻밤을 지내고 난 이튿날 아침, 금화가 들어 있는 커다란 자루와 종이 조각을 가지고 공청 마당으로 나가 이렇게 말했다.

"당신들은 모두 돼지처럼 지내고 있습니다. 그래서 당신들에게 어떻게 살아야 하는지를 가르쳐 주려 합니다. 먼저 이 도면처럼 집을 지어 주시오. 나는 지시를 하고 당신들은 일을 하면 될 것이오. 그렇게 해 준다면 답례로 이 금화를 드리겠습니다."

신사는 백성들에게 금화를 보여 주었다. 바보들은 그것을 보고 깜짝 놀랐다. 지금까지 돈을 사용해 본 적이 한 번도 없었기 때문이다. 필요한 물건이 있을 때는 서로서로 교환을 하고, 일손이 필요할 때는 서로서로 품앗이를 했다. 그들은 금화를 보고 아주 신기해하며 이렇게 말했다.

"거, 노리갯감으로 아주 좋겠는데."

큰 도깨비는 타라스 왕의 나라에서처럼 싯누런 금화를 마구 뿌려 대기 시작했다. 그러자 백성들은 금화와 물건을 바꾸기도 하고, 금화를 품삯으로 받기 위해 그의 일을 하러 가기도 했다. 큰 도깨비는 속으로 고소해하면서 이렇게 생각했다.

'이쯤 되면 일이 순조롭게 돼 나가는 것이 틀림없으렸다! 이번에야말로 그 바보 녀석을 타라스처럼 만신창이가 되게 해 주리라. 그 녀석을 다시는 일어나지 못하게 해 주어야지.'

그런데 바보들은 금화를 손에 넣자마자 목걸이를 만들어 아낙네들에게 나누어 주기도 하고, 처녀들의 댕기 끝에 매달아 주기도 했다. 나중에는 어린아이들까지 한길에서 금화를 가지고 놀았다. 금화가 그만큼 흔하게 되자, 백성들은 더 이상 그것을 얻으려 하지 않았다.

말쑥한 신사의 대궐 같은 집은 아직 절반도 완성되지 않은 데다, 곡식과 가축도 한 해 동안 먹을 양이 비축돼 있지 않았다. 신사는 끊임없이 그들에게 이렇게 말했다.

"나의 집에 일을 하러 오라. 그리고 곡식과 가축을 가지고 오라. 내 집에 어떤 물건을 가져오든, 내 집에서 어떤 일을 하든 그 대가로 많은 금화를 주겠다."

그러나 어느 누구도 그 집에 일을 하러 가지 않았을뿐더러 무엇 하나 들고 가는 사람도 없었다. 이따금 아이들이 달걀을 가지고 와서 금화와 바꾸어 가거나, 물건을 날라다 주고 금화를 받는 정도가 고작이었다.

그 바람에 말쑥한 신사는 차츰 먹을 것이 모자라기 시작했다. 그는 배고픔을 달래기 위해 무엇이든 사 먹으려고 마을 안을 서성거렸다. 그러다가 어느 집에 들어가서 암탉을 사려고 금화를 내밀었다. 그러자 안주인이 그것을 받으려 하지 않으며 이렇게 말했다.

"그런 거, 우리 집에 아주 많이 있어요."

이번에는 어느 날품팔이꾼의 집에 들러 비옷을 사려고 금화를 내밀었다. 그러자 그는 이렇게 말했다.

"우리 집에는 그런 게 필요 없어요. 어린아이들이 없어서 아무도 가지고 놀지 않거든요. 하지만 귀한 물건이어서 나도 세 닢만 가져다 났습니다."

큰 도깨비는 빵을 사려고 어느 농부의 집에 들렀다. 이 농부도 돈을 받으려 하지 않았다.

"우리 집엔 돈이 필요 없어요. 적선을 하라는 거라면 몰라도. 잠깐만 기다리시구려. 집사람에게 빵을 한 접시 썰어서 올리라고 이를 테니까."

큰 도깨비는 농부의 집에 침을 탁 뱉은 다음, 냅다 줄행랑을 놓았다. 적선을 받으라는 말은 칼로 내려친다는 것보다 더 무서웠다.

결국 큰 도깨비는 빵을 얻지 못하고 말았다. 백성들은 이제 금화를 충분히 손에 넣었던 것이다. 큰 도깨비가 어디를 찾아가도 돈을 보고 무엇을 주려는 사람은 한 명도 없었다. 그들은 한결같이 이렇게 말했다.

"무엇이든 딴 걸로 가져오거나, 일을 하러 오거나, 그렇지 않으면 적선을 바라고 동냥을 하구려."

큰 도깨비가 가진 것이라곤 오직 돈밖에 없었다. 그는 일을 하고 싶지 않았다. 그렇다고 적선을 바라고 동냥을 할 수도 없었다. 급기야 큰 도깨비는 잔뜩 화가 났다.

"도대체 어떻게 된 거야? 당신들에게 금화가 필요할 텐데. 대체 돈을 언제 주어야 한단 말인가? 돈만 있으면 무엇이든 살 수가 있고 어떤 일꾼이든 부릴 수가 있는데 말이야."

그러나 바보들은 그 말을 듣는 둥 마는 둥 했다.

"아뇨, 그런 건 필요 없습니다. 여기선 물건을 사면서 돈을 낼 필요도 없고 나라에 세금을 바칠 일도 없으니까요. 그러니까 그까짓 돈은 가져 봐야 쓸 데가 없어요."

큰 도깨비는 저녁도 먹지 못한 채 잠자리에 들었다.

이 일이 바보 이반의 귀에 들어갔다. 백성들이 그에게로 찾아와 이렇게 물었기 때문이다.

"도대체 소신들은 어찌해야 하옵니까? 소신들한테 말쑥한 신사가 찾아왔사옵니다. 그는 맛있는 음식이나 좋은 술만 좋아하고 깨끗한 옷이나 입기 좋아하면서 일은 숫제 하려고 들지도 않습니다. 동냥도 하지 않고요. 그저 금화라는 것만 내밀 뿐이옵니다. 집집마다 금화가 모이기 전에는 모두들 그 신사에게 무엇이나 다 주었는데, 이제는 그 어떤 것도 주는 사람이 없사옵니다. 이 신사를 어떻게 해야 하옵니까? 굶어 죽지나 않아야 할 텐데 말이옵니다."

이반은 말을 다 듣고 나서 이렇게 대답했다.

"아무렴, 그렇고말고. 먹여 살려야 하느니라, 목자(원래는 양치기를 이르는 말이지만, 여기서는 사제를 가리킨다.)처럼 집집마다 돌아다니게 하라."

큰 도깨비는 별수 없이 이집 저집 돌아다니게 되었다. 그러다 이반의 궁궐로 들어갈 차례가 되었다. 큰 도깨비가 점심을 먹으러 갔을 때, 이반의 궁궐에서는 벙어리 누이가 점심을 차리고 있었다.

그녀는 게으름뱅이에게 속은 적이 많았다. 게으름뱅이는 일도 하지 않는 주제에 꼭 맨 먼저 밥을 먹으러 와서는 장만해 놓은 음식을 싹싹 먹어치우곤 하였다. 그녀는 사람의 손만 보고도 게으름뱅이인지 아닌지를 곧잘 분간하였다. 손에 못이 박힌 사람은 식탁에 앉히지만, 못이 박히지 않은 사람은 먹다 남은 찌꺼기만 주었다.

큰 도깨비가 식탁 머리에 앉자 벙어리 처녀는 여느 때처럼 얼른 그의 손을 들여다보았다. 못이 박혀 있지 않았다. 손이 아주 깨끗하고 매끈했으며 손톱이 길게 자라 있었다. 벙어리 처녀는 무엇이라고 외쳐 대더니 큰 도깨비를 식탁에서 끌어냈다.

그러자 이반의 아내가 도깨비에게 말했다.

"너무 섭섭해하지 마세요. 우리 시누이는 손에 못이 박히지 않은 사람은 식탁에 앉히지 않거든요. 자, 잠깐 기다리세요. 곧 식사가 끝날 테니까요. 그다음에 남은 것을 잡수세요."

'이반 왕의 궁궐에서는 나에게 돼지와 똑같은 것을 먹이려 하는구나.'

이런 생각이 들자, 큰 도깨비는 몹시 화가 났다. 그리하여 이반에게 말했다.

"폐하의 나라에는 모든 사람에게 손으로 일을 하도록 하는 어리석은 법률이 있나 봅니다. 그러나 그것은 여러분이 어리석기 때문에 생겨난 것입니다. 영리한 사람은 무엇으로 일을 하는지 아시옵니까?"

"바보인 우리가 어찌 그런 걸 알겠는가? 우리는 무슨 일이든 손과 등을 사용해서 하고 있지."

"그것은 말 그대로 모두가 바보이기 때문이옵니다. 그럼 소신이 머리로 어떻게 일을 하는지 그 요령을 가르쳐 드리겠습니다. 그러면 여러분도 아시게 될 것이옵니다. 손보다 머리로 일하는 편이 더 이롭다는 것을."

이반은 깜짝 놀랐다.

"음, 그러고 보니 그게 바로 우리가 바보로 불리는 이유렷다?"

큰 도깨비가 말을 이었다.

"머리로 일을 한다는 것이 결코 수월하지는 않사옵니다. 여러분은 소신의 손에 못이 박히지 않았다 하여 식탁에 앉히지 않았사옵니다. 그것은 여러분이 머리로 일하는 것이 몇 곱절 더 어렵다는 것을 모르고 있기 때문입니다. 음, 심지어는 머리가 깨질 듯 지끈거릴 때까지 있사옵니다."

이반은 잠시 생각에 잠겼다.

"어찌하여 그대는 그렇게 자신을 괴롭히는 거지? 머리가 아플 수도 있다니, 과연 수월한 일은 아니로다! 그러느니 차라리 그대의 손과 등을 써서 더 수월하게 일을 하면 될 것 아닌가?"

큰 도깨비가 말했다.

"소신이 스스로를 괴롭히는 것은 바보인 여러분을 불쌍히 여기기 때문이옵니다. 만일 소신이 스스로를 괴롭히지 않는다면 여러분은 영원히 바보로 살아갈 수밖에 없을 것이옵니다. 그러나 소신은 여지껏 머리로 일을 해 왔으므로 이제부터 여러분에게도 그 방법을 가르쳐 드릴까 하옵니다."

"어디 가르쳐 보게나. 손이 지쳤을 때 머리로 대신할 수 있다는 그 방법을."

큰 도깨비는 그것을 가르쳐 주겠다고 약속했다.

이반은 온 나라에 방을 써 붙였다.

훌륭한 신사가 나타나 여러분에게 머리로 일하는 법을 가르쳐 주기로 했다. 머리를 이용하면 손으로 일하는 것보다 훨씬 더 많은 벌이를 할 수 있다고 하니 모두들 나와서 배우도록 하라.

이반은 백성들이 신사를 잘 볼 수 있도록 전망대를 만들었다. 거기에 사닥다리를 걸쳐 놓은 다음, 꼭대기에는 단을 마련하였다. 이반은 곧 신사를 전망대로 안내했다. 바보들은 손을 쓰지 않고 머리로 일하는 방법을 신사가 눈앞에서 실제로 보여 주리라고 생각했던 것이다. 그런데 큰 도깨비는 어떻게 하면 일을 하지 않고도 살아갈 수 있는지 말로만 설명할 뿐이었다.

바보들은 그의 말이 도무지 이해가 가지 않았다. 그래서 잠시 바라보고 있다가 제 일을 하러 뿔뿔이 흩어져 버렸다. 큰 도깨비는 온종일 전망대 위에 서 있었다. 다음 날도 내내 서 있었다. 그리고 줄곧 혼자서 지껄여 댔다.

그는 무엇보다 배가 몹시 고팠기 때문에 무엇이든 좀 먹고 싶었다. 그러나 바보들은 그가 손이 아니라 머리를 사용해서 일을 잘할 수 있다면, 자신이 먹을 빵쯤은 머리로 실컷 만들 수 있으리라고 생각했다. 그래서 전망대 위에 빵을 가져다줄 생각은 눈곱만치도 하지 못했다.

큰 도깨비는 그다음 날도 단 위에 올라서서 지껄여 댔다. 그러나 백성들은 가까이 다가가서 잠시 바라보고는 이내 또 흩어질

뿌이었다.

이따금씩 이반이 이렇게 물었다.

"그래, 어떤가? 그 신사는 머리로 일을 하기 시작했나?"

"아니옵니다. 여전히 지껄여 대기만 할 뿐이옵니다."

큰 도깨비는 며칠 동안 계속해서 단 위에 서 있다 보니, 몸이 쇠약해져서 차츰차츰 비틀거리기 시작했다. 그 바람에 자신도 모르게 머리를 기둥에 쿵 부딪히고 말았다. 바보 한 명이 그것을 보고 왕비에게 달려가 소식을 알렸다. 왕비는 곧장 들에 나가 있는 이반에게 그 소식을 전했다.

"자, 가시죠, 구경하러……. 신사가 드디어 머리로 일을 하기 시작한 모양이옵니다."

"그게 정말이오?"

이반은 곧장 말을 돌려 전망대로 달려갔다. 그때 큰 도깨비는 굶주림에 지쳐 탈진한 상태였다. 쇠약해질 대로 쇠약해져서 비틀거리며 머리를 기둥에 연방 들이박고 있었다.

그러다 이반이 도착한 바로 그 순간, 큰 도깨비는 푹 거꾸러지더니 우당탕 요란한 소리를 내면서 사닥다리 아래로 떨어져 내렸다. 한 단 한 단 발판을 세기라도 하듯이.

이반은 머리를 끄덕이며 말했다.

"아하, 언젠가 저 훌륭한 신사가 머리가 깨지는 수도 있다고 하더니 아닌 게 아니라 정말인걸. 이건 못이 문제가 아니다. 저렇게 일하다가는 머리가 무사하지 못할 것 아닌가."

큰 도깨비는 사닥다리 밑으로 굴러떨어져서 땅속에 대가리를 처박고 말았다. 신사가 얼마나 많은 일을 했는지 보기 위해 이반이 다가서려고 하는데, 별안간 땅바닥이 쫙 갈라지더니 큰 도깨비가 그 밑으로 툭 떨어져 버렸다. 그 자리에는 그저 커다란 구멍이 하나 남았을 뿐이었다.

이반은 머리를 긁적였다.

"아니, 또 그놈이었단 말인가! 그놈들의 애비가 틀림없어. 그것참, 별 지독한 놈도 다 있군!"

이반은 오늘날까지 살아 있으며, 이웃 나라의 백성들이 쉼 없이 그의 나라로 몰려들고 있다. 두 형까지 그에게로 찾아오는 바람에 그가 먹여 살리고 있다. 누군가가 찾아와서 "우리를 좀 먹여 살려 주시구려." 하고 부탁하면, 그는 "그러지, 뭐. 와서 살게나. 여기엔 없는 것이 없으니까."라고 말한다.

그러나 이 나라에는 아무리 세월이 흘러도 변하지 않는 관습이 하나 있다. 손에 못이 박힌 자는 식탁에 앉을 수가 있지만, 그렇지 않은 자는 바닥에 앉아 남이 먹다 남긴 찌꺼기를 먹어야 한다.

제 5 편
아이가 어른보다 지혜롭다

부활 주간이 일찍 찾아왔다. 실개천이 이리저리 굽이져 흐르
는 마을의 곳곳에는 아직도 눈이 여기저기 쌓여 있었다. 농가와
농가 사이의 공터에는 퇴비 더미가 있었는데, 거기서 흘러나온
물이 제법 큰 웅덩이를 만들어 냈다.

양쪽의 농가에서 조그만 계집아이 두 명이 뛰어나와 물웅덩
이 쪽으로 다가갔다. 한 아이는 나이가 조금 적어 보였고, 다른
한 아이는 조금 많아 보였다. 두 아이는 새로 산 사라판을 입고
있었다. 작은 아이는 푸른색 사라판이었고, 큰 아이는 꽃 무늬가
있는 노란색 사라판이었다. 머리에는 둘 다 빨간색 플라토크를
쓰고 있었다.

두 아이는 막 미사를 마치고 나오는 중이었다. 약속이나 한 듯이 물웅덩이 쪽으로 달려가더니, 서로에게 새 옷을 자랑하며 뛰어놀기 시작했다. 그러다 문득 두 아이는 물속에 들어가 놀고 싶어졌다. 작은 아이가 먼저 구두를 신은 채 웅덩이 안으로 살금살금 걸어 들어갔다.

그때 큰 아이가 큰 소리로 말했다.

"가지 마, 말라쉬아. 어머니한테 야단맞아. 나도 신발을 벗을 테니까 너도 벗어."

두 아이는 신발을 벗고 옷자락을 걷어 올린 다음 서로의 얼굴을 마주 보며 웅덩이 속으로 걸어 들어갔다. 말라쉬아는 물이 복사뼈까지 차오르는 것을 보며 이렇게 말했다.

"물이 깊어, 아쿨리카. 나, 무서워."

"괜찮아, 더 깊진 않을 거야. 나한테로 곧장 와."

두 아이의 사이가 조금씩 가까워졌다. 아쿨리카가 말했다.

"애, 말라쉬아! 물이 튀지 않게 조심해서 걸어."

아쿨리카의 말이 끝나기가 무섭게, 말라쉬아가 한쪽 발을 웅덩이 속에 첨벙 하고 디뎠다. 그 바람에 아쿨리카의 사라판에 그만 물이 튀고 말았다. 사라판뿐만이 아니라 눈과 코에도 물이 튀었다.

아쿨리카는 사라판의 얼룩을 보는 순간 화가 나서 말라쉬아에게 욕설을 퍼부었다. 그것도 모자라 그 아이에게로 달려가 때리려고 주먹을 높이 쳐들었다. 깜짝 놀란 말라쉬아는 자신이 저지른 잘못을 깨닫고 잽싸게 웅덩이에서 빠져나와 집으로 달려갔다.

마침 그때 아쿨리카 어머니가 그 옆을 지나가다가 딸이 입고 있는 사라판이 더러워진 것을 보았다.

"이 망할 놈의 계집애! 어디서 못된 장난을 하다가 이렇게 옷을 버린 거야?"

"말라쉬아가 일부러 나에게 물을 튀겼어."

그 말이 떨어지기가 무섭게 아쿨리카 어머니는 말라쉬아를 쫓아가 붙잡은 다음, 손으로 뒤통수를 세게 쥐어박았다. 말라쉬아는 한길에다 대고 소리를 바락바락 질렀다. 그 소리를 듣고 말라쉬아 어머니가 밖으로 뛰어나왔다. 그러고는 이웃집 여자에게 대들었다.

"왜 내 딸을 때리는 거야?"

두 여자는 한 마디씩 주고받으며 입씨름을 하다가, 급기야는 서로에게 욕지거리를 퍼부어 대기 시작했다. 그 소리를 듣고 집 안에 있던 남자들이 밖으로 나왔다. 그 바람에 한길은 사람들로 북적거리게 되었다.

그들은 서로에게 쉼 없이 고함을 질러 댔다. 다른 사람의 말에 귀를 기울이는 사람은 아무도 없었다. 한참 동안 시끌벅적하게 욕을 퍼부어 대는가 싶더니, 어느 순간 그중 한 사람이 상대방을 획 떠밀었다. 그 바람에 몸싸움으로 번지고 말았다.

그때 아쿨리카 할머니가 남자들 사이로 비집고 들어가 조용히 타이르기 시작했다.

"이게 무슨 짓들이야? 오늘같이 좋은 날에……. 기쁨을 나누기에도 모자랄 판에 죄를 짓고 있다니."

그러나 사람들은 할머니 말에 아랑곳하지 않았다. 오히려 발을 걸어 쓰러뜨릴 뻔하기까지 했다. 그야말로 아쿨리카와 말라쉬아가 아니었더라면, 할머니는 그들을 타이르는 데 성공하지 못했을 것이다.

여자들이 서로에게 욕설을 퍼부어 대고 있는 동안, 아쿨리카는 사라판의 얼룩을 모두 털어낸 뒤 다시 공터의 웅덩이 쪽으로 나갔다. 그러고는 웅덩이의 가장자리에 쪼그려 앉은 다음, 조그만 돌멩이를 주워 한길 쪽으로 물이 빠지도록 땅을 파기 시작했다. 얼마 후 말라쉬아가 나무 조각을 주워 들고 다가가 아쿨리카가 하는 일을 거들었다.

남자 두 명이 막 드잡이를 치려는 찰나, 두 아이가 낸 골을 타고 물이 한길 가의 실개울로 졸졸 흘러갔다. 두 아이는 손에 쥐고 있던 돌멩이와 나무 조각을 물속에 획 던졌다. 나무 조각은 곧 한길에서 드잡이를 치려는 남자들 쪽으로 떠내려갔다. 아이들은 실개울 양옆에서 서로를 마주 보면서 뛰어갔다.

"잡아! 말라쉬아, 잡아!"

아쿨리카가 외쳤다. 말라쉬아는 무엇인가 대꾸를 하려고 하다가 웃음보가 터져서 말문을 열지 못했다. 두 아이는 나무 조각을 따라 뛰어가면서 그것이 떴다 가라앉았다 하는 것을 보고 한없이 깔깔댔다. 그러다가 두 남자 사이로 뛰어들었다.

싸움을 말리고 있던 할머니는 두 아이를 보고는 남자들에게 이렇게 말했다.

"창피한 줄 알아요! 당신들은 이 아이들 때문에 싸움이 붙었지만, 이 아이들은 금세 잊어버리고 다시 오순도순 놀고 있잖아요. 아이들이 당신네보다 더 지혜로워요!"

남자들은 두 아이를 보고는 부끄러워서 어쩔 줄을 몰라 했다. 잠시 후 남자들은 자신들의 한심스러움을 비웃으며 저마다 집으로 흩어져 갔다.

"어린아이처럼 되지 못하면 하느님의 나라에 들어가지 못하리라."

제 6 편
촛 불

'눈은 눈으로, 이는 이로'라고 하신 말씀을 너희는 들었다. 그러나 나는 이렇게 말한다. 앙갚음하지 마라. 누가 오른 뺨을 치거든 왼 뺨마저 돌려 대고…….

— 〈마태오의 복음서〉 제5장 38절~39절

이것은 아직 농노가 해방되지 않았을 때의 이야기다. 그 무렵의 지주들 중에는 별의별 사람이 다 있었다. 자신도 죽을 때가 있다는 것을 잊지 않고 하느님을 공경하며 농노를 불쌍히 여기는 자가 있는가 하면, 그 반대로 아주 형편없게 구는 자도 있었다.

그중에서도 애초에는 농노였다가 단번에 귀족이 된 지주, 말하자면 개천에서 용 난 격인 무리만큼 좋지 못한 자는 찾아보기 힘들었다. 그런 자들 때문에 농부들의 살림살이는 날이 갈수록 참담해지고 있었다.

어느 귀족의 토지에 그러한 마름이 나타났다. 농부들은 부역을 하면서 살았다. 토질 좋은 땅이 충분한 데다가 물과 풀, 숲이 남아돌 만큼 넉넉하여 지주도 농부들도 아무런 불평이 없었다. 그런데 어느 날, 지주가 다른 소유지에서 일하던 농부 출신의 미하일 세묘니치를 마름으로 앉혔다.

미하일은 권력을 손에 잡자 농부들을 학대하기 시작했다. 그는 한 가정의 가장으로, 아내 말고도 이미 결혼한 딸이 둘이나 있었다. 돈도 벌 만큼 벌었기 때문에 그리 심하게 굴지 않아도 충분히 안락하게 살 수가 있었다. 그런데도 욕심이 많다 보니 그만 나쁜 길로 빠져들고 말았다.

그는 기와 공장을 세운 다음, 남자 여자 가리지 않고 끌어다가 일을 시키고는 기와를 모두 팔아치웠다. 농부들은 모스크바에 있는 지주에게 가서 이러한 사정을 호소했으나 아무런 소용이 없었다. 지주는 오히려 농부들을 쫓아냈을 뿐 마름의 권력을 빼앗으려 하지 않았다.

미하일은 농민들이 호소하러 간 사실을 알고는 앙갚음을 하기 시작했다. 그 때문에 농부들의 살림살이는 한층 더 어려워졌다. 게다가 농부들 중에도 좋지 못한 사람들이 더러 있어서, 동료의 일을 미하일에게 밀고하여 함정에 빠뜨리기도 했다. 그 바람에 농부들은 단결력을 잃었고, 마름은 더욱더 난폭해졌다.

날이 갈수록 마름의 횡포가 심해지자, 농부들은 그를 사나운 짐승보다 더 무서워하게 되었다. 미하일이 마차를 타고 마을을 지나갈 때면 마치 지주가 오기라도 한 듯 재빨리 몸을 숨겨 어떻게든 눈에 띄지 않으려 했다.

미하일은 그런 모습을 보고 화가 나서 이렇게 투덜거렸다.

"흠, 놈들이 날 무서워한단 말이지."

그러고 나면 어김없이 농부들을 끌어다 매질을 하고서 노역을 더 심하게 시키곤 했다. 그 때문에 농부들은 시시때때로 쓰라린 꼴을 당해야 했다. 심지어 궁지에 몰린 농부들이 그런 좋지 못한 악인을 쥐도 새도 모르게 죽여 버리는 경우도 있었다.

그 마을 농부들도 그렇게 하기로 작정한 뒤 모여서 의논을 하기로 했다. 으슥한 곳에 모여 앉자, 개중에 배짱이 있다는 사람이 먼저 말을 꺼냈다.

"우리가 저 악당을 언제까지 내버려 둬야 하나? 어차피 죽기는 매한가지니, 차라리 죽여서 없애 버리세."

얼마 지나지 않아 부활 주일 전날이 되었다. 그때 농부들은 숲 속에 모여 있었다. 마름이 지주의 숲을 말끔하게 손질하라고 지시했던 것이다. 점심을 먹기 위해 한자리에 모이자, 다시 마름에 관한 문제를 의논하기 시작했다.

"이래 가지고서야 어떻게 살아가겠나? 저놈은 우리를 송두리째 말려 죽이려나 봐. 지쳐 쓰러질 정도로 쉴 틈이 없지 않은가. 게다가 조금이라도 제 맘에 들지 않으면 무조건 두들겨 패 버리니, 원……. 세묜은 얻어맞아 죽었고, 아니심은 족쇄에 묶여 곤욕을 치렀어. 더 이상 기다릴 필요가 있나? 오늘 저녁에라도 녀석이 몹쓸 짓을 하기 시작하면 말에서 끌어내려 도끼로 내려치면 그만이야. 어딘가에 개처럼 파묻어 버리면 발각될 리도 없고……. 다만 한 가지, 중요한 것은 모두가 마음을 합해서 발설하지 않기로 약속해야 해!"

바실리 미나예프가 말했다. 그는 누구보다도 마름에 대한 원한이 깊었다. 마름은 일주일이 멀다 하고 바실리를 때리는가 하면, 그의 아내마저 빼앗아다가 자기 집 하녀로 만들어 버렸다. 농부들은 몇 마디 말을 더 주고받은 다음에 자리에서 일어섰다.

저녁때 미하일이 왔다. 여느 때와 마찬가지로 말을 타고 왔는데, 느닷없이 나무 베는 방식이 잘못되었다고 트집을 잡으면서 야단을 치기 시작했다. 베어서 쌓아 놓은 나뭇더미 속에서 피나무를 발견했던 것이다.

"나는 피나무를 베라고 하지 않았다. 누가 베었나? 어서 얘기하지 못해? 두고 봐, 모조리 두들겨 패 줄 테니!"

그는 피나무가 섞인 나뭇더미가 누가 맡은 구역에서 나온 것인지 조사하기 시작했다. 잠시 후 누군가가 시도르의 구역이라고 말했다. 마름은 그 말이 떨어지기가 무섭게 시도르의 얼굴을 피가 맺히도록 두들겨 팼다. 그런 다음에는 나무를 적게 베었다는 이유로 바실리를 가죽 채찍으로 흠씬 두들겨 패고는 자기 집으로 돌아갔다.

그날 밤, 농부들은 다시 한자리에 모였다. 바실리가 먼저 입을 열었다.

"아니, 자네들도 사람이란 말인가! 날짐승만도 못해. 해치운다고 지껄일 때는 언제고, 정작 코앞에 닥치니까 뒷구멍으로 기어 들어갈 생각만 하다니…… . 꼭 매 앞에 움츠린 참새 떼 같구먼. '동료를 배반해서는 안 된다. 용기를 내서 해치우자.'고 염불 외듯 하면서, 막상 매가 날아오면 풀숲으로 흩어져 버리니…… . 그러니까 매는 그동안 눈독 들였던 자를 붙잡아다가 요절을 내곤 하는 거지. 매가 날아가고 나서 참새들이 짹짹거리며 기어나와 살펴보면 늘 한 마리가 모자라지. '대체 누가 없어졌나? 바니카구나. 아아, 그놈은 그런 꼴을 당할 만해. 그럴 만한 까닭이 있어.' 하는 식이란 말이야…… . 자네들이 꼭 그렇다고. 배신하지 않겠다고 약속했으면 끝까지 지킬 줄 알아야지! 놈이 시도르에게 손찌검을 했을 때, 한 덩어리가 되어 요절을 냈어야 했단 말이야. 배신하지 않겠다, 해치우자고 하다가도 매가 덤벼들면 혼비백산해서 숲으로 도망쳐 버리니."

농부들은 이런저런 말을 주고받은 끝에, 마름을 죽이기로 결정을 보았다. 수난 주간(예수의 수난을 기념하여, 교인들이 금욕·근신 기도를 하는 기간)이 되자 마름은 농부들에게 새로운 명령을 내렸다. 부활절이 시작되면 쌀보리를 뿌려야 하기 때문에, 그 전에 밭을 갈아 두어야 한다는 것이었다.

농부들은 그 명령이 떨어지자마자 사람을 어떻게 알고 부리는 수작이냐며 분개를 했다. 그리하여 다시 바실리의 집 뒤꼍에 모여 의논을 하기 시작했다.

"놈은 하늘 무서운 줄을 모르는 모양이야. 이런 짓거리를 거리낌 없이 하려 들다니. 정말 이젠 때려 죽여야 해. 어차피 한 번은 죽을 목숨 아닌가!"

그때 페트루쉬카 미헤예프가 왔다. 페트루쉬카는 온화한 성품의 사나이로, 이제까지 농부들 모임에는 한 번도 나오지 않았다. 그는 사람들의 이야기를 한참 동안 들은 다음 이렇게 말했다.

"자네들은 정말 엄청난 일을 생각하고 있군. 사람을 죽인다는 것은 여간 큰일이 아니라네. 목숨 하나 죽이기야 수월하겠지만 죽인 사람의 영혼은 어떻게 될 것 같나? 놈이 나쁜 짓을 했다면 우리가 손을 쓰지 않더라도 천벌이 기다리고 있을 걸세. 힘들어도 참아야 해."

그 말을 듣고 바실리는 화가 머리끝까지 치밀었다.

"뭐야, 잘난 체하면서……. 사람을 죽이는 건 죄라고? 죄라는 건 잘 알고 있어. 그래도 꼭 죽이고 말겠어. 그놈도 인간인가? 착한 사람을 죽이는 것은 죄가 틀림없지만, 개만도 못한 놈을 죽이는 건 신의 분부야. 인간을 불쌍하게 여긴다면 미친개는 죽어야 마땅해. 죽이지 않으면 죄만 더 거듭할 뿐이니까. 놈이 사람을 때리던 때를 생각하면 이가 갈려. 설령 우리가 고초를 당한다 해도 그건 모두 다른 사람들을 위해서야. 모두가 감사할 게 틀림없어. 그러면 된다는 둥 안 된다는 둥 하면서 끝내 용단을 내리지 못하고 있으면 놈이 우리를 모조리 패 죽이고 말걸. 자넨 당치도 않은 걱정을 하고 있어. 페트루쉬카, 도대체 뭔가? 그리스도의 축일에 일하러 가는 게 죄가 안 된다는 말인가? 그렇게 말하는 자네부터도 일하러 가고 싶지 않을걸."

페트루쉬카가 말했다.

"안 가긴 왜 안 가! 마름이 하라면 밭을 갈아야지. 가고 싶으면 가고, 싫으면 안 가는 게 아니니까. 누가 나쁜지는 신께서 다 알고 계셔. 우린 한순간도 신을 잊어서는 안 돼. 나는 지금 내 생각을 말하고 있는 것이 아니야. 만약에 악을 악으로 뿌리 뽑아야 하는 것이라면, 신께서 이미 그와 같은 본을 보여 주셨겠지. 하지만 우리에게 가르친 것은 그게 아니야. 악을 악으로 다스리면 그 악이 이쪽으로 옮겨 올 수밖에 없어. 사람을 죽이는 건 쉽지만 그 피가 자신의 영혼에 달라붙네. 사람을 죽인다는 것은 자신의 영혼을 피투성이로 만드는 일이야. 나쁜 인간을 죽였으니 악을 뿌리 뽑은 거라고 생각할 수도 있겠지만, 실상은 그보다 더 나쁜 결과를 가져오고 말지. 자기 마음속에다 악을 심는 결과가 되니까. 재난에는 지고 들어가야 하네. 그러면 재난 쪽에서도 져 줄 걸세."

그 바람에 농부들은 의견이 분분해져서 아무런 결론을 내리지 못했다. 바실리처럼 생각하는 사람이 있는가 하면, 죄를 짓지 말고 좀 더 견디는 편이 낫겠다고 생각하는 사람도 있었다.

농부들이 부활절 축하 행사를 끝마친 저녁때, 반장이 관청 서기와 함께 지주의 집을 찾아갔다. 마름 미하일 세묘니치의 지시로, 다음 날 농부들을 모두 끌어내어 쌀보리 씨앗을 뿌릴 수 있게 밭을 갈도록 하겠다고 지주에게 보고하기 위해서였다.

얼마 후, 반장은 서기와 같이 온 마을을 돌아다니며 내일은 모두 나와 밭을 갈라고 공표했다. 한 패는 개울 저쪽에서부터, 다른 한 패는 신작로에서부터 시작하라고 했다.

농부들은 명령에 반항할 용기가 없었다. 그래서 이튿날 아침, 울며 겨자 먹기로 모두 가래와 삽을 들고 나가 밭을 갈기 시작했다. 교회에서는 아침 기도 시간을 알리는 종이 울렸다. 다른 사람들은 부활절을 맞아 축하하고 있는데, 이곳 농부들만 밭일을 하고 있었다.

미하일은 느지막이 일어나 농원을 둘러보러 나갔다. 그의 아내와 과부가 된 딸은(축일이라 다니러 왔다.) 옷을 곱게 차려입고서 하인이 준비한 마차를 타고 기도식에 갔다가 막 돌아온 참이었다. 하녀가 사모바르(러시아 특유의 주전자)를 준비했을 때 마침 미하일이 집으로 돌아왔다. 그들은 함께 앉아 차를 마셨다. 미하일은 차를 음미하며 마신 다음, 파이프의 연기를 길게 내뿜었다. 그러고는 반장을 불러 이렇게 물었다.

"그래, 농부들을 밭으로 내보냈나?"

"내보냈습니다, 미하일 세묘니치 님."

"어때, 다 나왔던가?"

"모두 나왔습니다. 제가 일할 구역까지 다 정해 주었습니다."

"구역을 정해 준 것까진 좋은데, 제대로 일을 하고 있는지 모르겠군. 지금 당장 가서 살펴보게. 점심때는 내가 직접 나갈 테니까. 쟁기 두 벌로 1헥타르씩 제대로 갈고 있는지 확인하러 갈 거라고 말하게. 만약 한 치라도 소홀히 한 부분이 발견된다면 축일이라 하더라도 봐주지 않을 테니까!"

"네, 잘 알겠습니다!"

반장은 이렇게 대답하고는 서둘러 밖으로 나갔다. 얼마 뒤, 미하일은 반장을 다시 불러들였다. 그러고는 무슨 곤란한 말이라도 하려는 것인지 한참 동안 뜸을 들이며 우물쭈물했다. 그러다 마침내 입을 열었다.

"그리고 또 한 가지, 그 도둑놈들이 나에 관해 어떤 말을 지껄이는지 슬쩍 들어 보게. 욕을 하거나 흉을 보거든 빠짐없이 내게 전해 줘. 나는 그놈들을 아주 잘 알고 있지. 일하는 것은 싫

어하고 마냥 놀고만 싶어 하는 무리들이니까. 먹고 마시고 노는 것만 좋아할 뿐, 밭 갈 시기를 놓치면 농사를 그르친다는 생각은 눈곱만큼도 하지 않는단 말이야. 그러니까 누가 뭐라고 했는지, 놈들이 지껄이는 말을 듣고 와서 모조리 보고하도록 해. 그런 것도 다 알아 두어야 하니까. 자, 그럼 어서 가 봐. 다시 말하지만 숨김없이 내게 말해 줘야 해. 알았나?"

반장은 발길을 돌려 밖으로 나간 후, 곧바로 말을 타고 농부들이 일하고 있는 밭으로 갔다.

미하일의 아내는 남편이 반장과 이야기하는 것을 듣고는 오늘만큼은 일을 시키지 않으면 안 되겠느냐고 물었다. 그녀는 온순하고 착한 마음씨를 가진 여자로, 되도록이면 남편의 마음을 거스르지 않으면서 농부들을 감싸려 애썼다.

"여보, 오늘은 그리스도의 대축일이니 제발 죄를 짓지 말고 농부들을 쉬게 해 줘요."

미하일은 아내의 말을 듣고는 헛웃음을 지었다.

"한동안 따끔한 맛을 보여 주지 않았더니 당신이 아주 건방을 떠는구려. 별 참견을 다 하고 나서니 말이오."

"여보, 당신에 관한 좋지 않은 꿈을 꾸었어요. 제발 내 말을 들어요. 오늘만은 농부들에게 일을 시키지 말아요!"

"시끄럽다니까 자꾸 그러네. 맛있는 음식을 배불리 먹고 편하게 지내니까 채찍이 어떻게 생겼는지 잊어버린 모양이군. 당신도 조심해요!"

미하일은 발끈하며 성을 냈다. 불이 붙어 있는 파이프로 아내의 입을 쿡 찔러 자기 방에서 몰아내고는 식사 준비나 하라고 다그쳤다.

잠시 후 그는 족편(소의 다리·가죽·꼬리 따위를 푹 고아 식혀서 묵처럼 엉기게 만든 음식)과 고기 만두, 돼지고기 수프, 통돼지구이, 우유를 넣어 만든 밀국수를 먹었다. 그러고는 버찌로 빚은 술을 마신 뒤, 후식으로 달콤한 케이크를 먹었다. 식사를 마친 후에는 하녀를 불러 옆에 앉히고 노래를 부르게 했다. 그러다 나중에는 자신이 직접 기타를 가져다가 노래에 맞추어 반주를 하기 시작했다.

미하일이 유쾌한 기분으로 기타 줄을 튕기며 하녀와 함께 웃어 대고 있을 때 밭에 나갔던 반장이 들어왔다. 반장은 허리를 굽혀 인사를 하고 나서, 밭에서 보고 들은 일을 그대로 보고하기 시작했다.

"그래, 어떻던가? 밭은 갈고들 있던가? 오늘 할당해 준 일은 다 마치겠던가?"

"벌써 절반 이상 갈았습니다."

"그래, 갈다 만 데는 없던가?"

"그런 건 없습니다. 모두 겁쟁이들이라 시킨 대로 열심히 일하고 있습니다."

"그래, 흙도 곱게 다지고?"

"아주 잘 다져져서 고운 겨자씨 같습니다."

미하일은 잠자코 듣고 있다가 이렇게 물었다.

"나에 관해서는 뭐라고들 하던가? 욕을 하던가?"

반장이 머뭇거리며 말을 잇지 못하자, 미하일은 들은 대로 털어놓으라고 다그쳤다.

"숨김없이 그대로 말해. 딴말로 꾸며 대려 애쓰지 말고 놈들이 말한 대로 죄다 털어놓으란 말이야. 곧이곧대로 말하면 상을 주겠지만, 혹시라도 놈들을 감쌌다가는 배로 다스릴 테니 알아서 하게나. 여보게, 카투샤! 이 사람에게 보드카를 한 잔 주어라. 기운 좀 내게……."

하녀는 곧장 밖으로 나가더니 반장에게 술을 갖다 주었다. 반장은 감사의 인사를 한 다음, 술을 쭉 들이키고는 입 언저리를 닦으며 잠시 생각에 잠겼다.

'어차피 마찬가지 아닌가? 농부들이 이 사람을 욕하는 게 내 탓은 아니지. 명령이니까 들은 대로 말해 버리자.'

마침내 반장은 용기를 내어 말문을 열었다.

"모두들 불평을 하고 있더군요, 미하일 세묘니치 님. 수군수군하더라고요."

"그래? 도대체 뭐라고 하던가? 어서 얘기해 보게."

"모두 같은 말을 하고 있었습니다. 하느님을 공경하지 않는다고······."

미하일은 웃음을 터뜨렸다.

"누가 그런 말을 했지? 하나하나 말해 주게. 또 뭐라고 했나?"

"모두들 그렇게 말하고 있었어요. 또, 악마의 앞잡이일 것이라고도 했고요."

미하일은 여전히 웃음을 띠며 말했다.

"그런 건 상관없어. 그건 그렇고, 누가 뭐라고 말했는지 자세하게 이야기해 보게나. 바실리는 뭐라고 했지?"

반장은 자기 동료들을 나쁘게 말하고 싶지는 않았으나 바실리와는 워낙에 전부터 사이가 좋지 못했다.

"바실리가 욕을 제일 많이 하고 있었습니다."

"대체 뭐라고 하던가? 어서 말해 보게."

"입에 담기조차 무서울 정도였습니다. '그 작자는 반드시 개처럼 죽을 게 틀림없다.'고 했어요."

"흥, 장하군! 그러면서 놈은 왜 진작 날 죽이지 않은 거야? 아무래도 미처 손이 돌아가지 않았던 모양이군. 좋아, 좋아, 바실리! 어디 두고 보자. 네놈과는 셈을 꼭 해 주지. 그리고 그 개 같은 티쉬카는 뭐라고 하던가? 그놈도 역시 뭐라고 했겠지?"

"네, 모두 고약한 말들을 하고 있었습니다."

"그러니까 뭐라고 했느냔 말이야."

"그것참, 입에 올리기조차 더럽고 지저분한 말이라서······."

"도대체 뭐가 더럽고 지저분하단 말인가? 겁낼 것 없어. 어서 말하라니까."

"그 작자의 배가 툭 터져서 창자가 튀어나왔으면 좋겠다고 했습니다."

미하일은 마치 즐거운 얘기라도 듣고 있는 양 껄껄껄 웃어 대었다.

"흥, 어느 쪽이 먼저 터질지 어디 두고 보자고. 그건 누구였나? 티쉬카인가?"

"네, 모두들 좋은 말은 하지 않았습니다. 욕을 하거나 분통을 터뜨렸습지요."

"흐음, 그렇다면 페트루쉬카는 어떻던가? 놈은 뭐랬지? 틀림없이 그 빌어먹을 놈도 욕지거리를 했으렷다?"

"아닙니다, 미하일 세묘니치 님. 페트루쉬카는 욕 같은 건 하지 않았습니다."

"그럼 무슨 말을 했나?"

"그 사람만 아무 말도 하지 않았습니다. 좀 유별난 놈이어서요. 저도 깜짝 놀랐습니다, 미하일 세묘니치 님!"

"무엇을 말인가?"

"글쎄, 그놈이 하는 행동에 모두들 놀라고 있습니다."

"도대체 무슨 짓을 했기에?"

"아니, 그저 모른다고밖에 달리 할 말이 없습니다. 제가 곁으로 갔을 때, 그놈은 투르킨 언덕의 비탈진 곳을 갈고 있었습니다. 가까이 다가갔더니, 어디선가 노랫소리가 들렸습니다. 아주 여리고 고운 목소리였죠. 게다가 쟁기의 꼭지에서 뭔가 반짝이고 있었습니다."

"뭐가?"

"마치 조그만 불꽃처럼 불이 켜져 있었습니다. 바싹 다가가서 자세히 살펴보니, 교회에서 5코페이카에 파는 초를 쟁기에다 붙여 놓았지 뭡니까? 불이 환히 밝혀져 있었는데, 바람이 불어도 꺼지지 않았습니다. 게다가 새 루바슈카(러시아 민속 의상으로, 남자들이 입는 윗도리. 블라우스처럼 생겼으며, 허리를 끈으로 맨다.)를 입고 부지런히 밭을 갈면서 부활 대축일의 노래를 부르고 있었습니다. 한 고랑을 갈고 방향을 바꾸며 쟁기를 뒤집어 흙을 털어도 촛불이 꺼지지 않았습니다."

"그래, 뭐라고 하던가?"

"아니요, 아무 말도 하지 않았습니다. 저를 보자 축일 인사를 건네고는 다시 노래를 불렀습니다."

"자넨 뭐라고 했나?"

"저도 아무 말 하지 않았습니다. 그런데 농부들이 몰려와서 페트루쉬카는 부활 주간에 들일을 했으니까, 아무리 기도를 드려도 죄를 용서받을 수 없다면서 놀렸습니다."

"그래, 그놈은 뭐라고 하던가?"

"별말하지 않았습니다. 그는 그냥 '하늘에서는 영광, 땅에서는 평화!'라고 했을 뿐입니다. 그러다 다시 쟁기를 잡고 말을 몰면서 낮은 목소리로 노래를 불렀습니다. 촛불은 여전히 꺼지지 않고 그대로 타고 있더군요."

미하일은 웃음을 그치고 기타를 바닥에 내려놓은 채 생각에 잠기는 듯했다. 그렇게 한동안 가만히 앉아 있더니, 하녀와 반장에게 그만 물러가라고 하였다. 그러고는 커튼 뒤로 들어가 침상에 쓰러져서는 한숨을 쉬며 끙끙거렸다. 마치 곡식단을 실은 달구지라도 끌고 가는 듯한 소리였다. 아내가 들어와서 말을 걸었으나 아무런 대답도 하지 않았다. 다만 혼자서 이렇게 중얼거릴 뿐이었다.

"그놈이 나를 이겼다! 이번에는 내가 당할 차례가 왔구나!"

그때 아내가 조심스럽게 타이르기 시작했다.

"여보, 지금이라도 밭에 나가서 농부들을 집으로 돌려보내요. 그렇게만 하면 아무 일 없을 거예요! 이제까지는 더 심한 짓을 하고도 태연했는데, 이번에는 왜 그렇게 겁을 내는 거지요?"

"나는 이제 틀렸어. 그놈이 이겼다고."

그러자 아내가 그에게 소리쳤다.

"그놈이 이겼다, 그놈이 이겼다고만 하면 무슨 소용이 있어요? 어서 가서 농부들의 일손을 멈추게 해요. 그러면 모든 일이 다 잘될 거예요. 자, 어서 가요. 내가 나가서 말에 안장을 얹어 놓으라고 할게요."

잠시 후, 말이 끌려 나왔다. 아내는 다시금 밭에 나가서 농부들을 집으로 돌려보내라며 남편을 다독였다. 미하일은 결국 말을 타고 밭으로 나갔다.

마을 어귀에 이르자, 어떤 여자가 문을 열어 주어 안으로 들어가게 해 주었다. 사람들은 미하일을 보기가 무섭게 안마당이나 집 모퉁이로 숨어 버렸다. 그는 마을 한가운데를 지나 들로 나가는 문에 이르렀다. 문이 닫혀 있어서 말에 올라탄 채로는 열 수가 없었다.

미하일이 큰 소리로 외쳤다.

"문 열어라, 문 열어라!"

하지만 아무도 대답하는 사람이 없었다. 결국 말에서 내려 스스로 문을 열고는 문간에서 다시 말에 올라탔다. 한쪽 발을 등자(말을 탈 때 두 발을 디디는 물건)에 걸면서 몸을 들어 올려 안장에 올라앉으려고 하는 순간, 말이 돼지를 보고 놀라 나무 울타리 쪽으로 뒷걸음질을 쳤다.

그 바람에 미하일은 안장에 올라앉지 못하고 말에서 떨어지면서 나무 울타리에 배를 부딪히고 말았다. 그런데 그 울타리의 가운데에 다른 것보다 키가 조금 크고 끝이 뾰족하게 깎인 말뚝이 있었다. 하필이면 그 말뚝에 똑바로 부딪히는 바람에 배가 찢어지면서 땅바닥으로 굴러떨어져 버렸다.

얼마 뒤 농부들이 밭일을 마치고 돌아오는데, 이상하게도 말이 문 앞에서 콧바람을 불어 대며 안으로 들어가지 않으려 했다. 이상한 생각이 들어서 주위를 살펴보니, 미하일이 땅바닥에 벌렁 나자빠져 있는 게 아닌가. 양팔을 좌우로 벌리고 두 눈을 부릅뜬 채로 있었는데, 창자가 터지는 바람에 바닥에 피가 괴어 웅덩이처럼 돼 있었다. 땅이 그걸 빨아들일 대로 빨아들이고도 남아서 흥건할 지경이었다.

농부들은 깜짝 놀라 말을 뒷길로 몰아서 달아났다. 다만 페트루쉬카만이 말에서 내려 미하일 곁으로 다가갔다. 미하일은 이미 숨이 끊어져 있었다. 페트루쉬카는 그의 눈을 감겨 준 다음, 아들과 함께 짐수레에 시체를 싣고 지주의 저택으로 갔다.

지주는 이야기를 모두 듣고 난 뒤, 농부들에게 강제로 일을 시키지 않고 소작료만 바치게 했다. 농부들은 비로소 신의 힘은 악을 악으로 갚는 데 있지 않고, 착한 일 가운데에 있다는 것을 깨달았다.

제 7 편
불은 놓아두면 걷잡을 수가 없다

그때 베드로가 예수께 와서,

"하느님, 제 형제가 저에게 잘못을 저지르면 몇 번이나 용서해 주어야 합니까? 일곱 번이면 되겠습니까?"

하고 묻자, 예수께서 이렇게 대답하셨다.

"일곱 번뿐만 아니라 일곱 번씩 일흔 번이라도 용서하여라."

하늘나라는 이렇게 비유할 수 있다. 어떤 왕이 시종들을 불러 셈을 밝히려 하였다. 셈을 시작하고 나서 얼마 지나지 않아, 일만 달란트약 육천만 데나리온(1데나리온은 장정의 하루 품삯) 정도의 빚을 진 시종이 왕 앞으로 끌려나왔다. 왕은 그에게 빚을 갚을 방법이 없다는 것을 알고는 이렇게 말했다.

"네 놈과 네 처자는 물론, 너에게 있는 모든 것을 팔아서 빚을 갚도록 해라."

그는 왕 앞에 엎드려 절을 하며 애걸하였다.

"조금만 더 기다려 주십시오. 곧 다 갚아 드리겠습니다."

왕은 그를 가엾게 여겨 빚을 탕감해 주고는 곧 놓아 보냈다.

잠시 후, 그 시종은 길에서 자기에게 백 데나리온을 빚진 친구를 만났다. 그러자 득달같이 달려들어 멱살을 잡으며 호통을 쳤다.

"당장 내 빚을 갚아라."

그 친구는 바닥에 엎드려 애원하며 말했다.

"꼭 갚을 터이니, 조금만 더 기다려 주게."

그러나 그는 청을 들어주기는커녕 오히려 그 사람을 질질 끌고 가서 빚진 돈을 다 갚을 때까지 감옥에 넣어 두었다. 다른 시종들이 이 광경을 보고 매우 분개하여 왕에게 낱낱이 일러바쳤다. 왕은 몹시 분노하여 그를 불러들인 다음 빚을 다 갚을 때까지 형리에게 넘겼다.

"이 몹쓸 시종아, 네가 애걸하기에 나는 그 많은 빚을 탕감해 주지 않았느냐? 그렇다면 내가 너에게 자비를 베푼 것처럼, 너도 네 친구에게 자비를 베풀었어야 할 것이 아니냐?"

너희가 진심으로 형제들을 서로 용서하지 않으면 하늘에 계신 내 아버지께서도 너희에게 이와 같이 하실 것이다.

—〈마태오의 복음서〉제18장 21절~35절

어느 마을에 이반 시체르바코프라는 농부가 살고 있었다. 그는 힘이 매우 좋았을 뿐 아니라, 동네에서 근면하기로 첫째가는 일꾼이었다.

그의 슬하에는 아들이 셋 있었다. 맏아들은 이미 장가를 들었고, 둘째 아들은 막 장가를 들려는 참이었으며, 막내 아들은 아직 미성년으로 말을 돌보기도 하고 쟁기질을 하기도 했다. 이반의 아내는 영리한 여자로 살림꾼이었다. 며느리도 겸손한 성격으로 일을 잘했다. 그러니 그동안 이반이 가족과 더불어 오죽이나 잘 살았으랴.

집 안에서 일을 하지 않고 있는 사람은 딱 한 명뿐이었다. 바로 늙고 병든 아버지였다. (천식으로 칠 년째 페치카 위에 누워 있었다.) 집 안에 있을 것은 다 있었다.─말 세 마리에다 망아지 한 마리, 송아지가 딸린 암소 한 마리, 그리고 양이 열다섯 마리나 있었다.

여자들은 남자들에게 옷과 신발을 만들어 주고, 또 들에 나가 일을 거들었다. 남자들은 농사를 지었다. 양식은 다음 수확 때까지도 남아돌 만큼 충분했다. 귀리만 갖고도 필요한 모든 비용을 댈 수 있었다. 그러니 이반은 자식들과 더불어 오죽이나 잘 살았으랴.

한편, 담장 하나를 사이에 두고 가브릴로 흐로모이-고르디 이바노프의 아들이 살고 있었다. 그는 이반과 앙숙이었다. 양쪽 집

안의 아버지들이 살림을 맡고 있을 때까지만 해도 아주 사이좋은 이웃이었다. 여자들에게 체나 물통이 필요하다거나 남자들에게 포대로 쓸 삼베가 필요하다거나 수레바퀴를 당장 갈아야할 때는, 이 집에서 저 집으로 사람을 보냈다. 그렇게 서로가 서로를 도우며 좋은 이웃으로 살았다. 설령 송아지가 타작마당으로 뛰어들더라도 밖으로 쫓아내며 이렇게 말할 뿐이었다.

"밖으로 너무 내돌리지는 말게나. 우린 아직 짚가리를 치우지 못해서 말이야."

그 때문에 타작마당이나 헛간에 자물쇠를 채우거나 물건을 숨겨 놓거나 서로를 험담하는 일 따위는 전혀 없었다 두 노인이 살림을 도맡고 있던 시절에는 이렇게 사이좋게 지냈다. 하지만 자식들이 살림을 맡고 나서부터는 모든 것이 눈에 띄게 확달라졌다.

모든 일은 아주 사소한 것에서부터 일어났다. 어느 날부터인가 이반의 며느리가 기르는 암탉이 새벽에 알을 낳기 시작했다. 새댁은 부활 주간에 쓰기 위해 달걀을 모아 나갔다. 그래서 날마다 헛간 밑에 놓여 있는 달구지의 덧방나무(수레의 양쪽 가장자리에 대는 나무) 안에 낳아 놓은 달걀을 주우러 가곤 했다.

그러던 어느 날, 어린아이들의 장난질에 놀란 암탉이 울타리를 넘어 이웃집으로 날아가 버렸다. 그러고는 거기에서 그만 달걀을 낳고 말았다.

마침 그때 '꼬꼬댁 꼬꼬' 하고 암탉이 우는 소리를 들은 새댁은 속으로 이렇게 중얼거렸다.

　'지금은 달걀을 가지러 갈 틈이 없네? 명절을 쇠려면 집 안을 먼저 치워야 하니까. 나중에 가지러 가도 괜찮겠지.'

　새댁은 저녁이 되어서야 헛간 밑에 있는 달구지의 덧방나무로 갔다. 그런데 달걀이 없었다. 새댁은 시어머니와 시아주버니에게 달걀을 가져왔는지 물어보았다.

　두 사람 모두 이렇게 말했다.

　"아니야, 가져오지 않았어."

　그때 막내 시동생 타라스카가 말했다.

　"형수님, 암탉이 이웃집 마당에서 알을 낳았어요. 거기서 '꼬꼬댁 꼬꼬' 하고 울고는 이리로 날아오더라고요."

　새댁은 암탉을 보기 위해 다시 헛간 밑으로 갔다. 암탉은 홰위에 수탉과 나란히 앉아 눈을 감은 채 자려 하고 있었다. 마음 같아서는 암탉에게 어디에서 알을 낳았느냐고 물어보고 싶었지만, 그렇게 물어본다 해도 대답을 들을 수 없기에 곧장 이웃집으로 향했다.

　할머니가 새댁을 맞았다.

　"새댁, 무슨 일이야?"

　새댁이 대답했다.

　"저, 할머니, 오늘 우리 암탉이 이쪽으로 날아왔는데, 어디엔가 알을 낳아 두지 않았나요?"

"못 보았는데……. 우리 암탉은 진작 알을 낳았는걸. 우리 암
탉이 낳은 달걀밖에 보지 못했어. 그리고 남의 것은 필요하지도
않아. 알겠어, 새댁? 나 같으면 괜히 남의 집 마당에 달걀을 찾겠
답시고 얼쩡거리지는 않겠구먼."

그 말을 듣고 화가 난 새댁은 공연히 쓸데없는 말을 한마디 내
뱉었다. 그러자 이웃집 할머니는 그것을 곱절로 갚아 주었다. 결
국 두 사람은 서로에게 욕지거리를 퍼붓기 시작했다.

마침 그때 물을 길으러 가던 이반의 아내가 그 소리를 듣고는
싸움에 끼어들었다. 얼마 후에는 가브릴로의 아내까지 달려 나
왔다. 그녀는 이러쿵저러쿵하면서 지나간 일을 들먹여 대다가,
나중에는 없었던 일까지 지어내 덧붙이며 새댁을 비난했다.

그리하여 큰 싸움이 벌어졌다. 모두들 고함을 지르며 한 마디
라도 더 내뱉으려고 안달을 하였다. 그들의 입에서 새어 나오는
것은 하나같이 욕지거리였다. 너는 이렇다, 너는 저렇다, 너는
도둑년이다, 너는 화냥년이다, 너는 시아버지를 굶겨 죽이지 않
았느냐, 요 개 같은 년 같으니라고.

"요 거지발싸개 같은 년아, 너는 우리 체에 구멍을 냈어! 게다
가 우리 멜대(양쪽 끝에 물건을 달아 어깨에 메는 긴 나무)까지 가져
갔잖아. 멜대나 어서 내놔!"

그들은 멜대를 움켜잡고는 서로에게 물을 끼얹기도 하고 서

로의 플라토크를 찢기도 하였다. 급기야는 치고받으며 몸싸움을 벌이기 시작했다.

마침 그때 들에서 막 돌아온 가브릴로가 그것을 보고는 곧바로 제 아내 편을 들었다. 곧이어 이반과 그의 아들도 뛰어나와 싸움에 끼어들었다. 젊고 힘이 센 이반은 사람들을 여기저기로 내동댕이쳤다. 나중에는 가브릴로의 턱수염을 한 움큼 잡아 뜯었다. 그것을 보고 마을 사람들이 달려와 가까스로 두 사람을 떼어 놓았다.

가브릴로는 한 움큼 빠진 턱수염을 종이에 싸 들고 면(面)의 재판소로 달려갔다.

"나는, 나는 주근깨투성이의 이반이란 놈에게 잡아 뜯기려고 턱수염을 기른 게 아니야."

그의 아내는 이웃 사람들을 붙잡고 이반이 유죄 판결을 받고 시베리아로 유형을 갈 것이라고 떠들어 댔다. 그 바람에 반목은 더욱 깊어졌다.

노인은 싸움이 처음 벌어졌을 때부터 어떻게든 그들을 타일러 말리려고 하였다. 하지만 젊은 사람들은 그의 말을 들으려고 하지 않았다. 그는 그들에게 이렇게 말했다.

"얘들아, 너희는 지금 쓸데없는 짓을 하고 있는 거야. 쓸데없는 것으로 일을 벌이고 있다고……. 그까짓 달걀 한 알이야 어린아이들이 주웠을 수도 있지 않느냐? 그게 무어 대수냐? 달걀

한 알이 몇 푼이나 된다고 이러는 게냐? 신께서는 모든 사람에게 충분한 양식을 주고 계신다. 혹시라도 너희에게 누군가가 몹쓸 말을 하거든 되레 바로잡아 주거라. 좋게 말하는 법을 가르쳐 주란 말이다. 그런 일로 싸움을 하는 건 죄를 짓는 일이야. 살다 보면 흔히 생길 수 있는 일이잖니? 자, 어서 찾아가서 사과하여라. 싸움일랑 당장 그만두고. 이웃끼리 이렇게 화만 내고 있다가는 더 많은 죄를 짓게 될 뿐이다."

그러나 젊은 사람들은 노인의 말을 듣지 않았다. 노인이 엉뚱한 말을 하고 있다고 생각했으며, 늙은이들 특유의 잔소리에 지나지 않는다고 여겼다.

이반 역시 좀처럼 이웃 사람에게 지려 하지 않았다.

"나는 그자의 턱수염을 잡아 뜯지 않았어. 제 스스로 잡아 뜯어 놓고는 나한테 뒤집어씌우는 거야. 오히려 그 자식이 내 셔츠의 단추를 잡아떼고, 내 루바슈카까지 갈기갈기 찢어 놓았다고. 자, 이것 좀 봐."

결국 이반도 소송을 걸러 나섰다. 얼마 후 그들은 중재 재판소와 면 재판소에서 재판을 받았다. 재판을 받고 있는 동안에도 싸움은 그치지 않았다. 가브릴로의 집에서는 달구지의 굴대(바퀴의 가운데 구멍에 끼우는 긴 쇠나 나무)가 없어졌다고 하면서, 이반의 아들이 가져갔다고 죄를 둘러씌웠다.

그 집의 여자들이 말했다.

"그자가 밤중에 창문 옆을 지나 달구지 쪽으로 다가가는 것을 봤어요. 대모(영세를 받을 때, 신앙의 증인으로 세우는 종교상의 여자 후견인)의 말에 따르면, 그자가 술집 주인에게 그 굴대를 잡혔다는 거예요."

또다시 소송이 시작되었다. 집 안에서는 하루도 욕지거리를 하지 않는 날이 없었고, 걸핏하면 몸싸움으로 번지기까지 하였다. 어린아이들도 어른들이 하는 짓을 보고 그대로 배워 욕지거리를 해 댔다. 여자들은 여자들대로 냇가에서 만나기라도 하면, 빨래판을 치는 것보다 혀를 놀리기가 더 바빴다. 그 모든 말 한 마디 한 마디에는 살기가 가득 차 있었다.

농부들은 처음에는 그저 서로를 헐뜯을 뿐이었지만, 나중에는 정말로 깜박 잊고 놓아둔 것을 끌고 가 버리기까지 하였다. 어린아이들과 여자들도 그것을 보고 배웠다. 그리하여 그들의 살림은 차츰차츰 축이 나기 시작했다.

이반 시체르바코프와 가브릴로 흐로모이는 번갈아 가며 마을 공동체의 집회며 면 재판소며 중재 재판소에 소송을 거는 바람에 재판관들조차 질릴 지경이었다. 가브릴로가 이반에게 벌금을 물게 하거나 구류(교도소나 경찰서 유치장에 가두는 일)를 살게 하면, 이반은 이반대로 가브릴로에게 똑같은 짓을 했다.

둘은 서로가 서로를 못살게 굴면 못살게 굴수록 더욱더 앙심을 품게 되었다. 마치 개들이 물어뜯으며 싸우는 것 같았다. 서로를 치고 펄수록 한층 더 격앙되었다.

개를 뒤에서 한 대 때리면 그 개는 다른 개가 문 것이라 생각하고 한결 더 격렬하게 미쳐서 날뛰는 법이었다. 농부들도 마찬가지였다. 그들이 소송을 걸어 재판을 하게 되면, 그들 가운데 한쪽은 벌금을 물거나 구류를 살 수밖에 없었다. 그럴 때마다 그들은 서로에 대한 분노로 가슴이 불타오르곤 했다.

"어디 두고 보자. 톡톡히 앙갚음을 하고 말 테다."

이렇게 하여 육 년의 세월이 흘렀다. 페치카 위에 누워 있는 노인만이 늘 똑같은 말을 하고 있었다. 노인은 이렇게 말함으로써 그들을 뉘우치게 하고 싶었다.

"얘들아, 도대체 너희는 무슨 짓을 하고 있는 거냐? 그런 앙갚음일랑 싹 잊어버리고. 일이나 열심히 하려무나. 사람에게 앙심을 품지 마라. 그러면 모든 일이 다 잘 풀릴 것이다. 앙심을 품으면 품을수록 더욱더 나빠질 뿐이야."

그러나 아무도 노인의 말을 듣지 않았다.

칠 년째 되던 어느 날, 누군가의 혼례식에 참석한 이반의 며느리가 많은 사람들 앞에서 가브릴로가 말을 훔친 일을 들먹이며 망신을 주었다. 마침 그때 가브릴로는 술에 잔뜩 취해 있던 터라 부아를 억누르지 못하고 이반의 며느리를 손으로 내리쳤다.

그 일로 이반의 며느리는 상처를 입고 일주일 동안 자리에 누워 있었다. 그런 데다 하필 그녀는 임신 중이었다. 이반은 잘됐다 싶어서 소장을 들고 예심 판사를 찾아갔다.

"이번에야말로 그 녀석을 단단히 혼내 주고 말리라. 녀석은 징역을 살거나 시베리아로 유형을 가지 않고는 못 배길걸."

그러나 이반의 소송은 허사가 되고 말았다. 예비 판사가 소송을 받아들이지 않았다. 새댁을 조사한 결과, 이미 자리를 털고 일어난 데다 상처 하나 남아 있지 않았기 때문이다.

이반은 중재 재판소로 찾아갔다. 그곳에서는 사건을 면 재판소로 돌렸다. 이반은 면 재판소에서 분주하게 움직이고 있는 서기와 직원들에게 맛 좋은 술을 대접하고는 가브릴로를 태형(죄인의 엉덩이를 몽둥이로 내려치는 형벌)에 처하도록 하였다. 법정에서 서기가 가브릴로에게 판결문을 읽어 주었다.

"본 법정은 농부 가브릴로 흐로모이에게 면 재판소에서 곤장 스무 대의 형에 처할 것을 선고함."

이반은 이 판결을 들으며 가브릴로의 얼굴이 어떻게 변하는지 궁금해서 흘끔 쳐다보았다. 가브릴로는 판결을 듣자 얼굴이 백지장처럼 새하얗게 질려서는 문간으로 홱 돌아서서 나갔다. 이반은 그의 뒤를 따라 나가 말의 상태를 보려다가 가브릴로가 하는 말을 언뜻 들었다.

"좋다. 그놈이 내 등짝을 치면 불이 나겠지. 하지만 그놈의 등짝에서는 몇 곱절 더 불이 나게 만들 것이다."

이반은 곧장 재판관들에게로 돌아갔다.

"공정한 재판관님들! 그자가 지금 나를 태워 죽이겠다고 협박하지 뭡니까? 정말입니다. 많은 사람들이 있는 데서 분명히 그렇게 말했어요."

가브릴로는 다시 법정으로 불려왔다.

"정말인가? 그대가 그렇게 말했다는 게?"

"나는 아무 말도 하지 않았어요. 당신네들에게 그럴 권리가 있다면 나를 쳐요. 보아하니 나 혼자만 맥없이 혼쭐이 나고, 저자는 무슨 짓을 하든 다 괜찮다는 거로군요."

가브릴로는 계속해서 말을 이으려 했지만 입술과 볼이 떨려서 그렇게 할 수가 없었다. 그는 벽 쪽으로 몸을 홱 돌렸다. 가브릴로의 얼굴을 본 재판관들은 깜짝 놀랐다. 그러고는 이제 제발 이웃에게나 자기 자신에게나 더 이상 엉뚱한 짓을 하지 않았으면 좋겠다고 생각했다.

나이 든 재판관이 말했다.

"자, 이제 서로 화해해요. 그리고 가브릴로 씨! 당신 생각에는 그게 잘한 행동이오, 임신한 여자를 친 것이? 신께서 자비를 베푸시어 그만하기 다행이지, 그렇지 않았더라면 무슨 죄를 더 지었을지 모르잖아요. 그래도 잘했다는 거요? 당신은 죄를 뉘우치고 사과하시오. 그러면 이 사람도 용서할 것이오. 그렇게 한다면 우리도 이 판결을 취소하겠소."

서기가 말했다.

"그것은 안 됩니다, 법률 제117조에 근거하여 합의가 이루어지지 않았고, 재판소의 판결이 내려진 이상 꼭 집행되어야 합니다."

그러나 재판관은 서기의 말에 귀를 기울이지 않았다.

"당신은 잠자코 있어요. 가장 중요한 조문은 신의 뜻에 따른다는 것, 오직 그것 하나요. 신은 화해하라고 이르셨소."

그리고 재판관은 또다시 농부들을 타일렀으나 성공하지 못했다. 가브릴로가 아예 그의 말을 들으려고 하지 않았다. 가브릴로가 말했다.

"나는 내년이면 쉰 살입니다. 장가를 든 아들도 있어요. 게다가 태어나서 한 번도 누군가에게 맞아 본 적이 없어요. 그런데 저 주근깨투성이 이반이란 놈이 나에게 죄를 뒤집어씌워 곤장을 맞게 했어요. 그런데도 저자에게 고개를 조아리라고요! 그게될 법이나 한 말입니까? ……흥, 이반이란 놈은 내가 한 말을 똑똑히 기억해 두어야 할걸!"

가브릴로의 목소리가 또다시 떨렸다. 더 이상 한 마디도 할 수가 없었다. 그는 휙 돌아서서 밖으로 나가 버렸다.

면 재판소에서 집까지는 10베르스타가량 떨어져 있었다. 이반은 늦게야 집으로 돌아왔다. 여자들은 가축을 데리러 나가고 없었다. 그는 말을 달구지에서 푼 다음, 마구간에 넣어 놓고 오두막으로 들어갔다.

거기에는 아무도 없었다. 들에서 아직 그 누구도 돌아오지 않앗기 때문이다. 이반은 집 안으로 들어가 의자에 앉은 뒤 깊은 생각에 잠겼다.

그러자 조금 전 가브릴로에게 판결이 내려졌을 때, 얼굴이 백지장처럼 새하얗게 변해 벽 쪽으로 홱 돌아서던 모습이 생각났다. 순간, 가슴이 옥죄어 왔다. 자기가 태형을 선고받았으면 어땠을까, 하고 그의 처지가 되어 생각해 보았다. 갑자기 가브릴로가 가엾게 느껴졌다.

그때 페치카 위에서 노인의 기침 소리가 들렸다. 노인은 몸을 돌린 다음, 발을 뻗어 페치카에서 기어 내려왔다. 노인은 곧 의자께까지 발을 질질 끌고 와 앉았다. 의자 있는 곳까지 오느라 지친 듯 콜록콜록 기침을 해 댔다. 기침이 멎자 탁자에 몸을 기대며 이렇게 말했다.

"어떻게 됐니, 판결은?"

이반이 대답했다.

"곤장 스무 대가 선고되었어요."

노인은 고개를 저었다.

"이반, 넌 지금 몹시 나쁜 짓을 하고 있어. 암, 나쁘다마다! 그 사람에게보다 너 자신에게 나쁜 짓을 하고 있는 거야. 그래, 그 사람의 볼기를 치고 나면 너에게 어떤 이익이 돌아오느냐, 응?"

"앞으로 다시는 그러지 않을 거예요."

이반이 말했다.

"도대체 무엇을 그러지 않을 거라는 거냐? 그 사람이 너보다 나쁜 짓을 얼마큼 더 했다는 거지?"

"뭐라고요? 그자가 그동안 저한테 어떤 짓을 했는지 아세요?"

이반은 그가 한 일을 하나둘 늘어놓기 시작했다.

"그자는 여자를 죽도록 팼어요. 게다가 지금도 불태워 버리겠다고 으름장을 놓고 있는걸요. 그래도 그자한테 가서 굽실거리라고 하고 싶으세요?"

노인은 한숨을 내쉬며 말했다.

"이반아, 너는 온 세상을 마음대로 돌아다니고 있고, 나는 벌써 몇 해째 페치카 위에 누워서 꼼짝을 못 하고 있다. 너는 무엇이나 다 볼 수 있지만, 나는 아무것도 보지 못한다고 생각하나 보구나. 그런데 얘야, 사실은 그렇지가 않아. 너야말로 아무것도 보지 못하고 있는 거야. 악의가 네 두 눈을 모두 가리고 있어. 남의 허물은 눈앞에 있고, 제 허물은 등에 있기 때문이지.

너는 그 사람이 나쁜 짓을 했다고 하지만 당치도 않은 말이다. 설사 그 사람이 나쁜 짓을 했다손 치더라도 싸움이란 저절로 일어나는 게 아니잖느냐? 싸움이 어떻게 한 사람 힘만으로 일어날 수 있단 말이냐? 네 눈에 다른 사람의 악행만 보이고, 너의 악행은 보이지 않는 것이다. 만약 그 사람만 나쁘고 너는 옳다면 왜 싸움이 일어났겠느냐?

그 사람의 턱수염을 잡아 뜯은 건 누구냐? 애써 쌓아 놓은 낟

가리를 헤집어 놓은 건 또 누구더냐? 그리고 그 사람을 법정으로 끌고 간 사람은 누구냐 말이다. 모두 다 네가 한 짓 아니냐? 네가 바르게 살지 않았기 때문에 좋지 않은 일이 일어나는 거야.

나는 그렇게 살지 않았다, 알겠느냐? 너에게 그렇게 살라고 가르치지도 않았어. 나하고 그 사람의 아버지가 그렇게 산 줄 아느냐? 우리는 어떻게 살았다고 생각하느냐? 한마디로 이웃답게 살았다.

그 집에 밀가루가 떨어졌을 때 아주머니가 찾아와서 '프롤 아저씨, 밀가루가 좀 필요해요!'라고 하면, 나는 '아주머니, 필요한 만큼 곳간에 가서 퍼 가세요.'라고 대답했어. 또 그 사람의 집에 말을 끌고 갈 사람이 없을 것 같으면 '바냐트카, 말을 끌어다 드려라.'라고 말했지. 반대로 우리 집에서 무엇인가 모자라면 그 사람한테 가서 '고르데이 씨, 이러저러한 것이 필요해서 말입니다.' 하고 말할라치면 금방 '프롤 씨, 필요한 만큼 가져가세요!' 하고 대답하곤 했지. 우리는 그렇게 살아왔어. 정말로 살기가 편했지. 그런데 지금은 어떠냐?

이즈막에 어떤 병사가 플레브나(불가리아의 도시 이름. 1877~1878년의 러시아·터키 전쟁 때 이곳에서 격렬한 전투가 벌어졌다.) 전투에 관하여 이야기해 준 적이 있단다. 지금 너희는 그 플레브나 전투보다 한층 더 격렬하잖니? 이것이 사람 사는 거냐? 네가 지금 얼마나 큰 죄를 짓고 있는지 아느냐?

너는 사내다. 그리고 한 집안의 가장이야. 너에게 한번 물어보자. 네가 여자들과 어린아이들에게 가르치고 있는 것이 도대체 무엇이냐? 개처럼 짖는 것이냐? 그 코흘리개인 타라스란 놈이 얼마 전에 이웃의 아리나 아주머니에게 욕지거리를 마구 퍼붓는데, 제 어미는 그것을 보고 웃고만 있더구나. 그게 어디 어른이 할 짓이냐?

너에게 한번 물어보자꾸나! 꼭 그래야만 하는지…… 정말로 그렇게 해야 하는 것이냐? 네가 나한테 한 마디 하면 나는 너한테 두 마디 하고, 네가 내 뺨을 한 번 치면 나는 네 뺨을 두 번 치고…… 그렇게 살아야 하느냐 말이다.

아니다, 그리해서는 안 된다. 그리스도께서는 세상을 돌아다니시면서 그렇게 가르치시지 않았어. 행여 네가 욕을 먹더라도 잠자코 있어라. 그러면 상대방은 곧 양심의 가책을 받을 것이다, 알겠느냐? 그분께서는 우리에게 그렇게 가르쳐 주셨다.

만일 한쪽 뺨을 치거든 다른 쪽 뺨을 내주거라.―내가 만일 맞을 짓을 했거든 오히려 '자, 때리거라.' 하고 말하여라. 그러면 상대방이 양심에 찔려 마음을 가라앉히고 네 말을 듣게 될 테니……. 그분께서는 우리에게 그렇게 가르치셨다. 그리고 거드름을 피우지 말라고 가르치셨지. 어째서 가만히 있느냐? 내 말이 틀렸느냐?"

이반은 잠자코 듣고 있었다. 노인은 다시 기침을 해 댔다. 그러더니 억지로 가래를 뱉어내고는 또다시 말을 하기 시작했다.

"너는 그리스도께서 우리에게 나쁜 짓을 가르치셨다고 생각하고 있는 거냐? 모든 것이 우리를 위해서, 선을 위해서 그러신 것이잖느냐? 네가 어떻게 살아가고 있는지 한번 생각해 보아라.—너희들 사이에서 그 플레브나 전투가 벌어진 후로, 너의 살림이 더 나아졌는지 더 나빠졌는지…….

재판을 하느라 들인 돈을 한번 헤아려 보아라. 왔다 갔다 한 마차 삯이며 밥값으로 쓴 돈도 헤아려 보려무나. 네 자식들이 자라면 자연스레 살림도 늘어나고 할 텐데, 지금은 자꾸자꾸 줄어들고 있지 않느냐? 무엇 때문이지? 다 그 어리석은 짓 때문이 아니냐? 모든 게 네 오만함 때문이다.

너는 자식들을 데리고 들에 나가 곡식의 씨앗을 뿌려야 하는데도 귀신이 씌었는지 재판소다 관청이다 무엇이다 하고 쏘다니기만 했지. 그 바람에 제때에 밭을 갈지도 못하고 씨를 뿌리지도 못하고……. 그렇게 두면 땅은 아무것도 생산하지 않는다.

올해는 왜 귀리 농사가 잘되지 않았지? 네가 씨를 뿌리기는 한 거냐? 대체 재판을 해서 얻은 게 뭐냐? 짐이 지워졌을 뿐이잖느냐? 얘야, 너 자신의 일을 한번 잘 생각해 보아라.—아이들을 들로 데리고 나가 집안을 일으키기 위해 일을 해야지. 설사 너를 모욕하는 자가 있더라도 용서하여라. 그게 신의 뜻이다. 그러면 마음 편히 살게 될 테고, 마음 역시 가벼워질 것이다."

이반은 잠자코 있었다.

"얘, 이반아, 애비의 말을 잘 들어라. 어서 가서 회색 얼룩말을 달구지에 채워라. 이 길로 면 재판소로 달려가 고소를 취하해. 그리고 내일 아침 일찍 가브릴로한테 가서 신의 뜻을 좇아 화해 하거라. 내일은 명절(마리아 성탄 축일)이니까 가브릴로를 집으로 초대하려무나. 사모바르를 준비하고 보드카를 반 병 내놔. 그리고 지금까지의 응어리를 다 풀고 다시는 이런 일이 없도록 하여라. 그리고 여자들에게나 아이들에게나 잘 일러 놓아라."

이반은 한숨을 푹 내쉬면서 생각했다.

'아버지 말씀이 옳다.'

그러자 노여움이 싹 가셨다. 다만 아버지가 말한 내용들을 어떻게 실행해야 할지, 이제 와서 어떻게 화해를 해야 할지 막막했다. 아버지는 이반의 심중을 꿰뚫어 보기라도 한 것처럼 다시 말을 꺼냈다.

"자, 어서 가거라. 이반, 한시도 늦추지 말거라. 불은 났을 때 바로 꺼야지, 그렇지 않으면 걷잡을 수 없이 타오르게 된단다."

노인은 무엇인가 말을 더 하려고 하다가 말문을 닫았다.—여자들이 까치 떼처럼 조잘거리며 집 안으로 들어서고 있었기 때문이다.

그들은 가브릴로가 태형을 선고받은 일과 불을 지르겠다고 으름장을 놓았던 일을 전해 듣고는, 거기에 자기네 생각까지 덧붙여 신나게 불리고 있었다. 그렇지 않아도 이미 가브릴로네 집 안 여자들과 방목장(가축을 놓아기르는 곳)에서 한바탕 말싸움을 하고 돌아오는 참이었다.

이야기는 가브릴로네 며느리가 예심 판사를 내세워 자기네 를 협박했다는 것으로 시작되었다. 예심 판사가 가브릴로의 편 을 들어 이 사건을 뒤집어엎겠다고 말했다는 것이다. 그리고 학 교 선생님도 이반이 한 짓에 대하여 황제에게 탄원서를 쓰고 있 다나. 그 탄원서에는 달구지의 굴대에 대한 것에서부터 남새밭 에 대한 것까지 전부 씌어 있다고 하면서, 이제 이반네 땅의 절 반은 가브릴로가 차지하게 될 거라고 장담했다는 것이다.

이반은 그 말을 듣는 순간 마음이 다시금 얼어붙었다. 가브릴 로와 화해해야겠다는 생각이 순식간에 사라져 버렸다.

한 집안의 가장에게는 언제나 일이 많은 법이다. 이반은 짐짓 여자들과 말을 나누지 않은 채 곧바로 일어서서 바깥으로 나갔 다. 그리고 타작마당과 헛간을 둘러보았다. 두 곳에서 일을 모두 마치고 집으로 돌아올 때는 이미 해가 진 뒤여서 자식들도 들에 서 돌아와 있었다.

자식들은 겨울을 앞두고 말 두 마리로 가을갈이(가을에 논을 미리 갈아 두는 일)를 하고 있었다. 이반은 자식들에게 일과 관련 해 몇 가지 질문을 한 다음 갈무리하는 것을 거들었다. 그러다 멍에의 목접개(앞으로 감싸게 된 두 쪽 나무)가 부러진 것을 보고 고치기 위해 벗겨 내었다.

그러고 나서 작대기를 헛간에다 갖다 놓으려고 보니 어느새 어둠이 완전히 깔려 있었다. 이반은 작대기를 내일까지 그곳에 그냥 놓아두기로 하고는 가축에게 먹이를 먹였다. 말과 함께 밤에 방목하기 위해서였다. 그는 가축들을 한길로 내보내고는 대문을 닫고 빗장을 걸었다.

"자, 이제 저녁이나 먹고 잠이나 잘거나."

그는 이렇게 생각하며 부러진 목접개를 손에 들고 집 안으로 들어갔다. 그때까지는 가브릴로에 관해서도, 아버지가 한 말에 관해서도 까맣게 잊고 있었다. 그런데 문고리를 잡고 복도로 들어서는 찰나, 울타리 너머로 옆집 사람이 쉰 목소리로 누군가를 욕하는 소리가 들렸다.

"망할 놈 같으니라고. 뭐가 어쨌다고?"

가브릴로가 누군가를 향하여 큰 소리를 치고 있었다.

"그런 놈은 때려 죽여도 싸!"

그 말을 듣는 순간, 이반은 잠시나마 잊고 있었던 그에 대한 증오가 불타오르기 시작했다. 그는 가브릴로가 욕지거리를 하고 있는 동안, 가만히 서서 들어 보았다. 그러다 가브릴로의 목소리가 가라앉은 뒤에야 집 안으로 들어섰다.

집 안에 들어서자 불이 환하게 켜져 있었다. 며느리는 한쪽 구석의 물레 앞에 앉아 있었고, 아내는 저녁 준비를 하고 있었다.

큰아들은 신발을 삼기 위해 나무껍질로 새끼를 꼬고 있었고, 둘째 아들은 탁자 앞에 앉아 책을 읽고 있었으며, 타라스카는 밤 당번 나갈 채비를 하고 있었다.

집 안에서는 모든 것이 쾌적하고 유쾌했다. 저 심술궂은 이웃만 아니라면 말이다. 이반은 잔뜩 성이 난 채 집 안으로 들어섰다. 고양이를 의자에서 내던지고는 괜스레 여자들에게 함지가 제자리에 놓여 있지 않다고 큰 소리로 나무랐다.

이반은 짜증이 나서 견딜 수가 없었다. 눈살을 잔뜩 찌푸리고 앉아 말의 목접개를 수리하기 시작했다. 그의 머리에서는 가브릴로가 법정에서 으름장을 놓던 말과 누구를 두고 한 것인지는 모르지만 "때려 죽여도 싸!" 하고 큰 소리로 지껄이던 쉰 목소리가 귓가에서 떠나지 않았다.

아내가 타라스카에게 저녁을 차려 주었다. 타라스카는 식사를 마치자 낡은 외투 위에다 카프탄(발끝까지 오는 의상으로, 소매가 길고 넓으며 앞트임이 있다.)을 걸치고 띠를 매었다. 그런 다음 빵을 챙겨 들고 말이 있는 한길로 나갔다.

맏아들이 바래다주려고 하자, 이반이 일어나 입구의 계단으로 나갔다. 바깥에는 이미 어둠이 깊어 있었다. 하늘에는 구름이 끼어 있었고 바람까지 일렁였다.

이반은 아들을 말에 태워 준 다음 망아지가 그 뒤를 쫓아가도록 하였다. 그러고는 그 자리에 서서 타라스카가 마을 아래쪽으로 사라지는 모습을 오래도록 바라보았다. 잠시 후 다른 두 아들도 말을 타고 그곳에 나타났다가 같은 방향으로 사라져 갔다. 이반은 말발굽 소리가 들리지 않을 때까지 그 자리에 서 있었다.

대문가에 그렇게 서 있는 동안에도 뇌리에서는 조금 전에 들었던 가브릴로의 말이 떠나지 않았다.

"네놈의 집이 모조리 불타지 않도록 조심해야 할걸."

이반은 속으로 중얼거렸다.

'그놈은 못 할 짓이 없을 거야. 가뭄 때문에 모든 것이 바싹 말라 있는 데다 바람까지 불고 있겠다. 뒤꼍으로 몰래 숨어 들어와 불을 지르겠지. 그러고도 남을 위인이다. 불을 지르고서도 죄가 없다고 우길 테지. 하지만 현장을 덮친다면 녀석도 꼼짝 못 하리라!'

거기까지 생각하자 그것이 마치 사실인 양 느껴져서, 이반은 입구 쪽으로 발길을 돌릴 수가 없었다. 그래서 곧장 한길로 나간 다음, 대문께에서 집의 모퉁이 뒤로 꺾어 들었다.

"마당을 한 바퀴 돌아보아야겠군. 그놈이 언제 무슨 짓을 저지를지 모르니까."

이반은 발소리를 죽이고 울타리를 따라 걸었다. 한쪽 모퉁이 뒤로 돌아 울타리를 죽 살펴보았다. 그러자 맞은편 모퉁이에서 무엇인가가 획 하고 움직이는 듯했다. 무언가가 불쑥 튀어나왔다가 다시 모퉁이 뒤로 잽싸게 숨어 버린 것 같았다.

이반은 걸음을 멈추고 가만히 서서 귀를 기울이며 눈을 떼지 않았다.―주변은 쥐 죽은 듯 고요했다. 다만 버드나무 잎이 바람에 흔들리고 밀짚이 바스락거릴 뿐이었다. 처음에는 지척도 분간할 수 없을 만큼 캄캄했으나, 어둠 속에서 차츰차츰 눈이 밝아지자 구석까지 속속들이 눈에 들어왔다. 달개(본채의 처마 끝에 잇대어 늘여 지은 집)와 쟁기까지 눈에 띄었다.

그는 그 자리에 멈춰 서서 주위를 둘러보며 이렇게 생각했다.

'아무도 없군. 분명히 누군가를 본 것 같았는데……. 그러나 저러나 어디 한번 돌아나 보자.'

뒤꿈치를 들고 살금살금 헛간을 따라 걸었다. 나무껍질로 만든 신발을 신은 채 사뿐사뿐 발을 떼어 놓고 있어서 그조차도 자기 발소리가 들리지 않았다. 모퉁이까지 갔을 때, 쟁기 근처에서 무엇인가가 번쩍이더니 금세 사라져 버렸다.

이반은 가슴이 덜컹 내려앉아 걸음을 멈추었다. 그 순간, 모자를 쓴 사람이 그에게 등을 돌리고 앉은 채 손에 밀짚을 들고 불을 붙이는 것이 선명히 눈에 들어왔다. 이반의 심장은 새처럼 빠르게 뛰었다. 그는 신경을 잔뜩 곤두세운 채 빠르게 걷기 시작했다. 그러나 발소리는 하나도 들리지 않았다.

'이번에는 절대로 도망치지 못할 거다. 현장에서 꼭 붙잡고 말겠어!'

이반이 미처 공터에 다다르기 전에 불길이 확 하고 일었다. 그런데 그것은 조금 전 그가 목격한 그 자리가 아니었다. 그리고 아까처럼 조그만 불꽃도 아니었다. 불길은 삽시간에 달개 밑의 밀집을 삼키더니 지붕으로 번지기 시작했다. 가브릴로의 모습이 불빛에 비쳤다.

이반은 종달새를 겨냥하는 매처럼 가브릴로에게 달려들며 속으로 생각했다.

'확 덮치면 절대로 도망치지 못하겠지.'

그때 가브릴로가 이반의 발소리를 들었는지 몸을 홱 돌렸다. 그는 이쪽을 보더니 토끼처럼 껑충거리며 헛간을 따라 쏜살같이 달아났다.

"어디까지 도망치나 보자!"

이반은 이렇게 외치며 그의 뒤를 쫓아갔다. 그리고 잠시 후 이반에게 멱살이 잡히려는 순간, 가브릴로는 용케도 그의 손아귀에서 쏙 빠져나갔다. 하지만 이반은 그의 옷자락을 잽싸게 움켜잡았다. 옷자락이 쫙 찢어지면서 이반이 바닥에 쓰러지고 말았다. 그는 날렵하게 몸을 일으켰다.

"사람 살려! 저놈 잡아라!"

그리고 또다시 뛰기 시작했다. 그러는 동안 가브릴로는 이미 자기 집 마당에 들어와 있었다. 이반은 거기까지 쫓아갔다. 그리하여 다시 상대를 막 잡아채려는 순간, 무엇인가가 이반의 정수리를 내리쳐 기절시키고 말았다.─사실은 가브릴로가 마당의 가장자리에서 떡갈나무 말뚝을 뽑아 이반의 머리를 힘껏 내려 친 것이었다.

이반은 머리가 멍해지면서 두 눈에서 불꽃이 번뜩였다. 그는 어둠 속에서 비트적거리다 이내 푹 하고 쓰러졌다. 그가 정신을 차렸을 때는 가브릴로의 모습이 보이지 않았다. 주위는 대낮처럼 환했다. 그리고 마당 한쪽에서는 마치 기계가 돌아가기라도 하는 듯, 무엇인가가 윙윙거리며 터지는 소리가 나고 있었다.

이반이 뒤를 돌아보자 헛간은 온통 불바다였다. 그 옆에도 이미 불이 붙어 연기를 내며 활활 타오르고 있었다. 밀짚단의 불길이 집 쪽으로 막 번져 가고 있었다.

"도대체 어떻게 된 거야, 응!"

이반은 이렇게 외치며 두 손을 올려 넓적다리를 탁 내리쳤다.

"달개에서 밀짚을 뽑아서 밟아 끄면 될 거 아니야! 대체 어떻 게 된 거야!"

그는 되풀이해서 말했다. 아니, 큰 소리로 외치고 싶었다. 하지만 숨이 막혀서 목소리가 나오지 않았다. 일어나서 뛰어 보려고 했지만 발이 움직여지지가 않았다. 두 발이 서로 엉켜 있었다. 한 발짝 떼어 보았지만 역시 비틀거릴 뿐이었다.

또다시 숨이 찼다. 그는 잠시 숨을 고르고 천천히 걷기 시작했다. 불길은 더욱더 활활 타올랐다. 본채의 한쪽 모서리와 대문 쪽으로도 불길이 번져 마당으로 들어서기조차 어려웠다.

이웃 사람들은 서둘러 가재도구를 끌어내고 가축을 축사에서 몰아냈다. 이반네 집을 다 태우고 나자, 가브릴로네 집으로 불길이 옮아 붙었다. 바람이 불어 불길은 한길 너머로까지 번졌다. 결국 마을의 절반을 삼켜 버렸다.

이반네 집에서는 아버지만 겨우 끌어냈을 뿐이었다. 나머지 식구들은 가재도구 하나 꺼내지 못한 채 몸만 가까스로 빠져나왔다. 야간 방목한 말들을 제외하고는 가축들도 모두 불타 죽고 말았다. 닭들도 홰 위에서 불타 죽고, 달구지며 쟁기, 써레, 장롱, 창고의 곡물들도 깡그리 불타 버렸다. 반면에 가브릴로네 집에서는 가축을 내모는 사이사이, 필요한 것들을 꺼내 와 그리 큰 피해를 입지는 않았다.

불길은 밤새도록 쉴 새 없이 타올랐다. 이반은 마당의 가장자리에 서서 그것을 보며 그저 똑같은 말만 되뇌었다.

"도대체 어떻게 된 거야, 응! 밀짚을 뽑아서 밟아 꺼야 하는데!"

그때 집의 천장이 무너져 내리자, 그는 불 속으로 기어 들어가 반쯤 탄 통나무를 끌어안고 끄집어내려 안간힘을 썼다. 여자들이 그것을 보고 빨리 나오라고 외쳐 댔지만, 그는 그 통나무를 끄집어낸 뒤 다시금 불길 속으로 기어 들어갔다. 그러고는 또 다른 통나무를 끌어내려다가 그만 불길 속에 넘어져 버렸다.

아들이 그것을 보고 불길 속으로 달려 들어가 그를 끌어냈다.

이반은 턱수염과 머리털이 모두 타서 그을리고 손까지 데었지만 아무것도 느끼지 못했다.

"너무 놀라 머리가 이상해졌어."

사람들이 웅성거렸다. 얼마 후 불길은 가라앉았으나 이반은 그냥 그대로 서서 내내 같은 말만 되뇌었다.

"도대체 어떻게 된 거야, 응! 밀짚을 뽑아서 밟아 꺼야 하는데!"

새벽녘이 되자 이웃 마을의 촌장이 아들을 이반에게 보냈다.

"이반 아저씨, 아저씨의 아버님이 돌아가시려고 해요. 작별 인사를 하신다고 아저씨를 급히 찾으세요."

이반은 그때까지 아버지의 존재를 까맣게 잊고 있었다. 그래서 그가 지금 무슨 말을 하고 있는지 얼른 알아듣지 못했다.

"누구 아버지라고? 누구를 불러오라고?"

"아저씨를 불러오라셨어요.―작별 인사를 하신다고요. 아저씨의 아버님이 지금 우리 집에서 돌아가시려 해요. 어서 가요, 이반 아저씨."

촌장의 아들은 이렇게 말하며 그의 팔을 끌어당겼다. 이반은 촌장의 아들을 따라나섰다. 노인은 밖으로 실려 나올 때 불이 붙은 밀짚단이 머리에 떨어지는 바람에 크게 데고 말았다. 그는 급히 이웃 마을의 촌장 집으로 실려 갔다. 다행히 그 마을은 불에 타지 않았다.

이반이 아버지를 찾아갔을 때, 촌장의 집에는 촌장의 늙은 아내와 페치카 위에서 뒹굴고 있는 어린아이들만 눈에 띄었다. 다른 사람들은 모두 불난 곳에 가 있었다.

이반의 아버지는 손에 양초를 든 채 소파 위에 누워 문 쪽을 곁눈질하였다. 아들이 들어서자 몸을 살짝 움직였다. 촌장의 아내가 노인에게 다가가 아들이 왔다고 전했다.

그는 아들을 가까이 불러 달라고 말했다. 이반이 다가가자 아버지가 입을 열었다.

"이봐라, 이반. 내가 너에게 미리 말하지 않았더냐? 마을은 대체 누가 불태웠느냐?"

"그 녀석이에요, 아버지. 그 녀석이라고요. 그놈을 거기에서 봤어요. 제 눈앞에서 그놈이 지붕에 불을 붙였어요. 불이 붙은 밀짚단을 재빨리 잡아 빼어서 발로 밟아 *끄기만* 했더라면 아무 일도 없었을 것을."

이반이 대답하자, 아버지가 말했다.

"이반, 내 죽음이 가까이 왔다. 너도 언젠가는 죽을 것이다. 누구의 죄냐?"

이반은 아버지의 얼굴을 찬찬히 보며 입을 다물었다. 아무런 말도 할 수가 없었다.

"신 앞에서 말해 보아라. 누구의 죄냐? 그동안 내가 너에게 뭐라고 했느냐?"

이반은 그제야 정신이 번쩍 들면서 모든 것을 깨닫기 시작했다. 그는 코를 식식거리면서 말했다.

"제 쵭니다, 아버지!"

그는 아버지 앞에 무릎을 꿇고 앉아 울음을 터뜨렸다.

"저를 용서하십시오, 아버지. 저는 아버지께나 신께나 큰 죄를 지었습니다."

노인은 양초를 왼손으로 바꾸어 쥐고는 오른손을 들어 이마에 대고 성호를 그으려고 했으나 힘이 미치지 않아 그만두었다.

"주여, 당신께 영광이 있사옵기를! 주여, 당신께 영광이 있사옵기를!"

그는 이렇게 말한 뒤 아들에게로 눈길을 돌렸다.

"이반! 이봐라, 이반!"

"네, 아버지."

"이제 어떻게 해야 하지?"

이반은 내내 울고 있었다.

"모르겠어요, 아버지. 이제 어떻게 살아가야 하죠, 아버지?"

노인은 눈을 감고 마치 힘을 모으기라도 하듯이 두 입술을 꽉 다물더니 천천히 눈을 뜨며 말했다.

"그래도 어떻게든 꾸려 가 보거라. 신을 의지하고 살아라. 어떻게든 꾸려 가 보려무나."

노인은 잠시 동안 침묵하다가 미소를 짓더니 이렇게 덧붙였다.

"이반, 누가 불을 질렀는지 절대로 말하지 마라. 남의 죄를 덮어 주어라. 그러면 신은 두 가지 죄를 용서할 것이다."

이윽고 노인은 양초를 두 손으로 잡아 가슴 아래쪽에다 내려놓았다. 그러고는 길게 숨을 토하고는 몸을 반듯이 뻗더니 이내 숨을 거두었다.

이반은 가브릴로에 대해 아무 말도 하지 않았다. 그 때문에 사람들은 어쩌다 불이 났는지 알지 못했다. 이러한 이반의 마음은 가브릴로의 마음까지 누그러뜨렸다.

가브릴로는 이반이 자신에 대해 아무에게도 말하지 않는 것을 보고 깜짝 놀랐다. 처음에는 이반을 두려워하기까지 했으나, 시간이 지나자 그의 행동을 조금씩 이해하기 시작했다.

가장들이 싸움을 그치자 가족들도 더 이상 다투지 않았다. 집이 새로 지어지는 동안 두 가족은 한집에서 살았다. 마을이 새롭게 태어나 여기저기에 집들이 널찍하게 자리 잡을 때에도 이반과 가브릴로는 이웃이 되어 한 둥지 안에 살았다.

이반과 가브릴로는 아버지들이 그랬던 것처럼 서로 정을 나누며 가까이 지냈다. 이반은 불이 나기 시작한 바로 그때 꺼야 한다는 아버지의 교훈과 신의 가르침을 늘 마음속에 담고 살았다.

설사 누가 그에게 나쁜 짓을 하더라도 앙갚음하려 하지 않고, 다시는 그런 짓을 하지 않도록 바로잡아 주려고만 하였다. 설사 누군가가 그에게 나쁜 말을 하더라도 표독스럽게 대꾸하려 하지 않고, 다음에는 그런 말을 입에 담지 않도록 가르치려 노력하였다. 또한 자기 집의 여자들과 아이들에게도 똑같이 가르쳤다. 그리하여 이반은 이전보다 한결 더 잘살게 되었다.

제 8 편

달걀만 한 씨앗

어느 날 어린아이들이 골짜기에서 가운데에 줄이 그어진, 씨앗 모양의 달걀만 한 물건을 발견했다. 마침 그곳을 지나가던 사람이 어린아이들이 가지고 있는 물건을 보고는 5코페이카를 주고 산 다음 문 안으로 가지고 가 귀한 물건이라며 황제에게 팔았다.

황제는 현인들을 불러 모은 후, 그것이 씨앗인지 달걀인지 알아보라고 일렀다. 현인들은 생각하고 또 생각했다. 그러나 선뜻 대답할 수가 없었다. 그 물건은 창턱 위에 놓여 있었는데, 암탉한 마리가 날아 들어와 쪼아 대다가 구멍을 내었다. 그리하여 사람들은 그것이 씨앗이라는 것을 알았다.

현인들은 황제에게 아뢰었다.

"그것은 라이보리 씨앗인 줄 아뢰오."

황제는 깜짝 놀랐다. 그리고 다시 현인들에게 이 씨앗이 언제 어디서 어떻게 생겨났는지 알아보라고 명령하였다. 현인들은 요모조모 뜯어본 다음, 책을 뒤져서 그에 관한 정보를 알아내려 하였다. 그러나 아무것도 찾아내지 못했다. 그들은 황제 앞에 나와 이렇게 아뢰었다.

"대답을 드릴 수 없사옵니다. 소신들의 책에는 이것에 관해 아무것도 씌어 있지 않사옵니다. 차라리 농부들을 불러서 물어보시는 편이 좋을 줄로 아뢰옵니다. 노인들 가운데서 누가 언제 어디서 이런 씨앗을 뿌렸는지, 혹시라도 들어 본 적이 있는지 말입니다."

황제는 사람을 보내어 늙은 농부 한 사람을 데리고 오라고 명령했다. 곧 늙은 농부 한 사람이 황제 앞으로 불려 왔다. 그 농부는 이가 다 빠진 데다 얼굴빛이 푸르죽죽했으며 쪼그라질 대로 쪼그라져 있었다. 그는 지팡이를 두 개나 짚은 채 간신히 안으로 들어섰다.

황제는 그에게 씨앗을 보여 주었다. 그러나 노인은 시력을 잃어서 제대로 살펴볼 수가 없었다. 겨우 절반만 눈으로 살펴보고 나머지 절반은 손으로 더듬어 살폈다.

황제가 그에게 물었다.

"영감, 이런 씨앗이 어디서 생겼는지 모르겠는가? 그대의 밭에 이런 곡식을 심지 않았는고? 혹은 농사를 짓던 시절에 어디서 이런 씨앗을 산 적이 없는가?"

노인은 귀가 먹어서 황제의 말을 겨우 알아듣고 간신히 이해를 했다. 그리하여 가까스로 대답을 하였다.

"네, 소인은 밭에다 이런 곡식을 심은 일도 없고 거두어들인 일도 없고 산 일도 없사옵니다. 소인이 곡식을 사던 시절에는 씨앗의 낟알이 더 잘았습죠. 지금도 그렇지만 말씀이에요. 그런데 저어……, 소인의 아버지한테 한번 물어보아야겠습니다. 어쩌면 아버지는 어디서 이런 씨앗이 생겨났는지 들어 보았는지도 모르니까요."

황제는 노인의 아버지한테로 사람을 보내어 데려오라고 명령했다. 얼마 후 노인의 아버지가 황제 앞으로 왔다. 찌들 대로 찌들어 빠진 이 늙은이는 지팡이를 하나만 짚고 왔다. 황제는 그에게 씨앗을 보여 주었다. 이 늙은이는 시력이 아직 괜찮았으므로 한눈에 씨앗을 알아보았다.

황제가 그에게 물었다.

"영감, 이 씨앗이 어디서 생겨났는지 알고 있는가? 그대 밭에 이런 곡식을 심은 적이 있는고? 혹은 그대가 농사를 짓던 시절에 이런 씨앗을 산 적이 있는가?"

늙은이는 귀가 좀 먹기는 했지만 아들보다는 잘 알아들었다.

그가 대답했다.

"네, 소인은 밭에다 이런 씨앗을 뿌린 일도 없고 거두어들인 일도 없사옵니다. 물론 산 일도 없사옵고요. 왜냐하면 소인이 젊었을 때는 돈이란 게 없었기 때문이옵니다. 모든 사람이 자기가 거둬들인 곡식으로 먹고 살았습니다. 모자랄 적에도 서로 나눠 가졌사옵니다. 소인은 어디서 이런 씨앗이 생겼는지 모르옵니다. 그 시절의 씨앗은 요새 것보다야 굵고 소출이 많았지만 이만하지는 않았사옵니다. 이건 소인이 아버지한테서 들은 얘기옵니다만, 아버지가 농사를 짓던 시절에는 소인이 농사를 짓던 시절보다 나은 곡식이 생산되었다고 하옵니다. 소출도 더 많고 낟알도 더 굵었다고 들었사옵니다. 소인의 아버지에게 하문하셔야 할 줄로 아뢰옵니다."

황제는 다시 이 늙은이의 아버지를 데리러 사람을 보냈다. 맨 처음에 왔던 노인의 할아버지인 그 늙은이가 황제의 편전으로 불려 왔다. 그 늙은이는 지팡이도 짚지 않은 채 어전으로 나아 갔다. 가벼운 걸음걸이였다. 눈도 밝고 귀도 잘 들렸으며 말도 또렷하게 했다.

황제는 늙은이에게 다시 그 씨앗을 보여 주었다. 늙은이는 그것을 이리저리 되작이며 이리 뜯어보고 저리 뜯어보고 하였다. 그러고는 이렇게 말했다.

"소인은 이렇게 오래된 곡식은 오랫동안 보지 못했습니다."

늙은이는 씨앗을 물어뜯더니 자근자근 깨물었다.

"이게 그것이옵니다."

"그럼, 어디 한번 말해 보라. 어디서 이런 씨앗이 생겼는가? 그대는 이런 씨앗을 밭에 심은 일이 있는고? 혹은 그대가 농사를 짓던 시절에 이런 씨앗을 산 일이 있는가?"

늙은이가 말했다.

"이런 씨앗은 소인이 농사를 짓던 시절에는 어디서나 생산되었사옵니다. 소인은 이런 씨앗으로 농사를 지어 평생을 먹고 살았습니다. 그리고 다른 사람들도 먹여 살렸습지요."

황제가 다시 물었다.

"그럼, 어디 말해 보라. 그대는 어디서 이런 씨앗을 산 일이 있는가? 혹은 그대의 밭에 뿌린 일이 있는가?"

늙은이는 히죽 웃었다.

"소인이 농사를 지을 적에는 곡식을 사고파는, 그런 죄악을 궁리해 내는 사람이 한 명도 없었사옵니다. 그래서 돈이라는 것을 몰랐지요. 곡식은 누구에게나 얼마든지 있었습죠. 소인은 이런 곡식을 직접 심기도 하고 거두어들이기도 하고 타작을 하기도 했습니다."

황제는 거듭 물었다.

"그럼, 어디 말해 보아라. 그대는 어디다 이런 곡식을 심었고, 또 그대의 밭은 어디에 있었는가?"

늙은이가 말했다.

"소인의 밭은 신의 땅이었습죠. 쟁기질을 하는 곳이 바로 밭이었사옵니다. 땅은 자유였사옵니다. 제 땅이란 걸 몰랐습죠. 제 것으로 불렀던 건 제가 바친 노동뿐이었습니다."

"그럼, 두 가지만 더 말해 보라. 옛날에는 이런 씨앗이 있었는데 지금은 왜 생기지 않는지, 그리고 그대의 손자와 아들은 지팡이를 짚고 왔는데 어찌하여 그대는 그처럼 가뿐히 혼자서 걸을 수 있는지……. 게다가 눈도 밝고 이도 튼튼하고 말도 또렷하고 상냥하기까지 한 것은 대체 어찌 된 영문인가? 어찌 그런고? 어서 말해 보라."

늙은이가 대답했다.

"하문하신 두 가지 까닭이란 다름이 아니오라 세상 사람들이 제 품으로 살아가기를 그치고 남의 것을 넘보게 되었기 때문이옵니다. 옛날 사람들은 신의 뜻을 좇아 살았사옵니다. 오로지 제 것을 가질 뿐이었고 남의 것을 탐내지 않았습지요."

제 9 편

대 자

'눈은 눈으로, 이는 이로'라고 하신 말씀을 너희는 들었다.

— 〈마태오의 복음서〉 제5장 38절

그러나 나는 이렇게 말한다. 앙갚음하지 말아라.

— 〈마태오의 복음서〉 제5장 39절

원수 갚는 일은 내가 할 일이니 내가 갚아 주겠다.

— 〈로마서〉 제12장 19절

1

어느 가난한 농부의 집에 아들이 태어났다. 농부는 크게 기뻐하며 이웃 사람한테 아들이 세례를 받을 때 대부(영세를 받을 때, 신앙의 증인으로 세우는 종교상의 남자 후견인)가 되어 달라고 부탁했다. 그런데 이웃 사람은 단번에 거절하였다. 가난한 농부의 아들한테 대부가 되는 것이 내키지 않았던 까닭이다. 가난한 농부는 다른 사람을 찾아가 보았으나 거기서도 거절을 당했다.

온 마을을 돌아다녔지만 대부가 되어 주겠다는 사람은 아무도 없었다. 그래서 다른 마을로 가 보았다. 가는 길에 우연히 어느 행인과 마주쳤다. 행인은 걸음을 멈추었다.

"안녕하시오? 그래, 어딜 그렇게 급히 가시오?"

농부가 대답했다.

"하느님께서 자식을 선물로 주셨습죠. 자식이란 젊어서는 즐거움이 돼 주고, 나이가 들어서는 의지가 돼 주며, 죽어서는 위령 미사를 올려 주는데, 제가 가난하다 보니 우리 마을에서는 아무도 대부가 되어 주려 하지 않아요. 그래서 대부가 되어 줄 분을 찾아나서는 길입지요."

행인이 말했다.

"나를 대부로 삼으시오."

농부는 크게 기뻐하며 행인에게 고마움을 표한 다음 이렇게 물었다.

"그러면 대모는 누구로 하면 좋을까요?"

행인이 말했다.

"대모는 상인의 딸에게 부탁해 보시오. 시내에 가면 광장 옆에 가게가 몇 채 나란히 있는데, 그 가운데 돌집이 하나 있을 거요. 그 집 입구에서 상인을 부른 다음, 그 집 딸이 대모가 될 수 있도록 허락해 달라고 부탁하시오."

농부는 의아하게 생각했다.

"나 같은 농부가 어떻게 부자 상인에게 대부가 되어 달라고 부탁하러 갈 수 있겠습니까? 나 같은 사람을 꺼리며 딸을 보내 주지 않을 겁니다."

"그런 걱정은 하지 않아도 돼요. 얼른 가서 부탁해 봐요. 그리고 내일 아침께에 준비해 두시오. 내가 가서 세례를 주리다."

가난한 농부는 집에 들렀다가 시내의 상인에게로 말을 타고 갔다. 마당에서 말뚝에다 말을 매고 있는데 마침 상인이 밖으로 나왔다. 상인이 물었다.

"무슨 일이오?"

"저, 실은 다름이 아니오라 하느님께서 저에게 자식을 선물해 주셨습니다. 자식이란 젊어서는 즐거움이 되고, 나이 먹어서는 의지가 되며, 죽어서는 위령 미사를 올려 주지요. 제발 댁의 따님을 제 자식의 대모로 삼게 해 주십시오."

"그래, 영세는 언제 받습니까?"

"내일 아침입죠."

"그럼 좋도록 해요. 안심하고 돌아가 있어요. 내일 미사에 딸을 보내겠소."

이튿날 대부가 될 사람과 대모가 될 사람이 모두 와서, 가난한 농부의 아들은 무사히 세례를 받았다. 대부는 영세가 끝나자마자 떠나 버렸기 때문에 아무도 그가 누군지를 알지 못했다. 그 뒤로 그를 본 사람은 아무도 없었다.

2

어린아이는 자라면서 부모에게 즐거움이 되어 주었다. 힘이 세고 부지런하고 영리한 데다 온순하기까지 했다. 세월이 흘러 소년은 열 살이 되었다. 부모는 글을 배우러 보냈다. 다른 소년들이 오 년 걸려 배우는 것을 이 소년은 일 년 만에 다 깨우쳤다. 그리하여 얼마 후에는 더 이상 배울 것이 없게 되었다.

부활 대축일이 돌아왔다. 소년은 대모에게 가서 부활 대축일 인사로 입을 맞추고 집으로 돌아와 이렇게 물었다.

"아버지, 어머니, 제 대부님은 어디에 계십니까? 찾아뵙고 부활 대축일 인사를 드려야 할 텐데요."

아버지가 말했다.

"귀여운 내 아들아, 네 대부님이 어디에 살고 계신지는 우리도 모른단다. 우리도 그것 때문에 애석해하고 있지만, 그분은 너에게 세례를 준 뒤로 한 번도 모습을 드러내지 않으시는구나. 소문도 들은 적이 없고, 어디에서 살고 계신지도 모른단다. 살아 계신지 어쩐지도 모르겠고."

아들은 부모에게 절을 하며 말했다.

"아버지, 어머니, 대부님을 찾으러 가게 해 주세요. 꼭 찾아내어 부활절 인사를 드리고 싶어요."

부모는 아들의 청을 받아들였다. 그리하여 소년은 대부를 찾아 길을 떠났다.

3

소년은 집을 나와 길을 따라 걸었다. 반나절쯤 걸었을 때, 행인을 한 명 만났다. 행인은 걸음을 멈추고 이렇게 물었다.

"안녕? 얘야, 어딜 가느냐?"

소년이 말했다.

"저는 대모님께 가서 부활 대축일 인사를 드리고 집으로 돌아왔습니다. 대부님께도 부활 대축일 인사를 드리고 싶어서 부모님께 대부님이 어디에 계시느냐고 여쭈었습니다. 그런데 부모님께서는 어디 계신지 모른다고 하셨습니다. 영세를 끝내고 가신 뒤로는 전혀 소식이 없으셔서 살아 계신지조차 모르신다더군요. 그래서 직접 대부님을 찾아뵙기 위해 이렇게 길을 떠나는 중입니다."

그러자 행인이 말했다.

"내가 네 대부란다."

소년은 기뻐하며 대부에게 부활 대축일 입맞춤을 했다.

"대부님, 지금 어디로 가시는 길인가요? 만일 저희 마을 쪽으로 가시는 거라면 저희 집에 꼭 들르세요. 그렇지 않고 댁으로 곧바로 가시는 거라면 저도 따라가고 싶어요."

대부가 말했다.

"나는 지금 너희 집에 들를 틈이 없단다. 볼일이 여러 군데 있어서 말이다. 집으로는 내일 돌아갈 생각이다. 그때 들르려무나."

"어떻게 찾아가야 하나요, 대부님?"

"오, 그렇군. 해가 떠오르는 쪽으로 똑바로 걸어가거라. 그러면 숲이 나온단다. 그 숲 가운데에 조그만 공터가 있다. 그 공터에 앉아 쉬면서 거기에서 무슨 일이 일어나는지 잘 보거라. 그러고 나서 숲을 나서면 뜰이 있고, 그 뜰에는 금빛 지붕의 집이 있다. 그것이 내 집이다. 대문으로 다가오너라. 내가 마중 나가마."

대부는 이렇게 말하고 금세 사라져 버렸다.

4

소년은 대부가 이른 대로 갔다. 한참 걸어가자 정말로 숲이 나왔다. 조금 더 걸어가자 숲속에 넓은 공터가 있었다. 공터 한복판에 소나무가 한 그루 서 있었는데, 나뭇가지에 새끼줄이 걸려 있었다.

그 새끼줄에는 무게가 3푸드(1푸드는 약 16.38킬로그램)가량 돼 보이는 떡갈나무 등걸이 매달려 있었고, 그 나무등걸 밑에는 벌꿀이 든 통이 놓여 있었다.

'도대체 이런 곳에 누가 꿀을 놓아두고 나무등걸을 매달아 놓았을까?'

바로 그때 숲속에서 바스락거리는 소리가 났다. 곧이어 곰 몇 마리가 이리로 오고 있는 것이 보였다. 암곰이 앞장서고 그 뒤에 두 살배기 곰이, 또 그 뒤에는 세 마리의 새끼 곰이 따르고 있다. 암곰은 코를 벌름거리며 냄새를 맡더니 꿀통으로 곧장 다가갔다. 새끼 곰들도 그 뒤를 따랐다.

암곰이 통에 코끝을 처박고 새끼들을 부르자 새끼 곰들이 뛰어가 함께 통에 매달렸다. 그때 나무등걸이 옆으로 흔들리며 밀리는가 싶더니, 이내 제자리로 되돌아오면서 새끼 곰을 툭 쳤다. 암곰은 그것을 보고 앞발로 나무등걸을 홱 밀어젖혔다.

나무등걸은 조금 전보다 더 멀리까지 흔들리며 밀려갔다가 다시 되돌아와 새끼 곰들을 후려쳤다. 등을 얻어맞은 놈도 있고 머리를 얻어맞은 놈도 있었다.

새끼 곰들은 비명을 지르며 훌쩍 물러났다. 암곰은 으르렁거리며 두 발로 나무등걸을 움켜잡고 머리 위로 들어 올린 다음 홱 집어 던졌다.

나무등걸이 공중으로 높이 날아오르자, 두 살배기 곰이 통 쪽으로 뛰어가 다시 꿀 속에 코끝을 처박고 할짝할짝 핥아먹기 시작했다.

다른 새끼 곰들도 그쪽으로 다가갔다. 그런데 새끼 곰들이 미처 다가가기도 전에 나무등걸이 휙 날아와 두 살배기 곰의 대가리를 쳐서 그 자리에서 박살내고 말았다.

암곰은 먼저보다 더 크게 으르렁거리며 나무등걸을 움켜잡아 힘껏 위로 던졌다. 나무등걸이 떡갈나무 가지보다 더 높이 올라가는 바람에 새끼줄이 휘청거렸다.

암곰이 다시 통께로 다가가자 새끼 곰들도 그 뒤를 따랐다. 나무등걸이 높이 날아오르고 날아올라 잠시 멈췄다가 다시금 아래로 내려오기 시작했다.

아래로 내려올수록 속도가 붙었다. 급기야 무서운 속도로 떨어지더니 암곰의 대가리를 덮쳐 쓰러뜨렸다. 암곰은 벌렁 뒤집어진 채 발을 떨다가 숨이 끊어졌다. 그것을 보고 새끼 곰들은 '걸음아, 날 살려라.' 하고 달아나 버렸다.

5

소년은 놀라움을 감추지 못한 채 앞으로 더 걸어갔다. 잠시 후 널따란 뜰이 나왔다. 뜰에는 금빛 지붕의 큰 궁전이 있었다. 그리고 대문가에 대부가 서서 웃고 있었다. 그는 대자와 인사를 나눈 다음 정원으로 안내했다. 정원이 얼마나 아름답던지, 이제껏 꿈에서조차 보지 못한 황홀함과 기쁨이 마음속으로 뿌듯이 차올랐다.

대부는 대자를 궁전 안으로 데리고 들어갔다. 궁전은 더 훌륭했다. 대부는 이 방 저 방 빠짐없이 보여 주었다. 방 한 칸 한 칸마다 보면 볼수록 더욱더 훌륭했다. 기분 또한 즐거워졌다. 잠시 후 그는 굳게 봉해진 문 앞으로 안내받았다.

대부가 물었다.

"이 문이 보이지? 여긴 자물쇠가 없단다. 봉해져 있을 뿐이지. 열 수는 있지만 그렇게 하지 말거라. 이제 어디서든 네 마음대로 뛰어다니며 놀아도 좋다. 무슨 놀이를 하든 상관없으나, 한 가지 명심할 점은 절대로 이 문으로 들어가서는 안 된다는 것이다. 알겠느냐? 만약 이 문 안으로 들어갔거들랑 네가 숲속에서 보았던 것을 떠올리거라."

대부는 그렇게 말하고는 떠나 버렸다. 대자는 그곳에서 홀로 살아가기 시작했다. 너무나 기쁘고 즐거운 나머지 기껏해야 세 시간 남짓 그곳에서 살았던 것같이 여겨졌으나, 실제로는 삼십 년 동안의 세월이 흘렀다.

삼십 년이 지난 어느 날, 대자는 굳게 봉해져 있는 문 앞으로 다가가며 생각했다.

'대부님은 왜 이 방에 들어가지 말라고 이르셨을까? 어디 한 번 들어가서 뭐가 있는지 보아야겠다.'

문을 쑥 밀었다. 봉인이 뜯겨 나가면서 문이 열렸다. 대자는 방 안으로 들어갔다. 방은 궁전 안의 그 어느 방보다 크고 훌륭했다. 방 한가운데에는 금으로 만든 옥좌가 놓여 있었다. 대자는 방 안을 이리저리 돌아다니다가 층계를 딛고 올라가 살그머니 옥좌 쪽으로 다가갔다. 그러고는 그 위에 슬쩍 올라앉았다. 옥좌 옆에 패가 하나 있었다.

대자는 그 패를 손에 잡았다. 패를 잡자마자 갑자기 방의 네 벽이 모두 다 활짝 열렸다. 대자는 주위를 둘러보았다. 온 세계가 한눈에 바라다보였다. 그 세계 사람들이 하고 있는 일들을 낱낱이 볼 수 있었다. 그는 두 눈을 부릅뜨고 똑바로 보았다.

바다에 배가 항해하는 것이 보였다. 오른쪽을 바라보았다. 그리스도 교도가 아닌 낯선 나라의 사람들이 살고 있었다. 왼쪽을 바라보았다. 그리스도 교도이긴 해도 러시아 인이 아닌 사람들이 살고 있었다. 이번에는 네 번째 벽 쪽을 바라보았다. 우리 러시아 인들이 살고 있었다.

'우리 집에서 무엇을 하고 있는지 어디 한번 보아야겠다. 곡식은 잘 자라고 있는지……'

자기네 밭을 바라보았다. 밀단이 잔뜩 쌓여 있었다. 곡식의 수확이 많은지 보려고 밀단을 세기 시작하자 밭으로 달구지가 오는 것이 보였다. 그 위에는 농부가 앉아 있었다. 대자는 틀림없이 아버지가 밤중에 밀단을 쌓으러 오는 것이라고 생각했다.

그런데 자세히 보니 바실리 쿠드랴쉬오프라는 도둑이었다. 도둑은 밀단 쪽으로 가까이 가더니 밀단을 서둘러 달구지에 싣기 시작했다.

대자는 화가 나서 이렇게 외쳤다.

"아버지, 밭에서 밀단을 훔쳐 가요!"

아버지는 밤중에 잠을 깨었다.

"누군가가 밀단을 훔쳐 가는 꿈을 꾸었다. 밭에 나가 봐야지."

그는 이렇게 중얼거리며 말을 몰았다. 밭으로 달려가 바실리를 발견하자, 큰 소리로 농부들을 불렀다. 바실리는 흠씬 두들겨 맞았다. 그리고 곧 온몸이 묶인 채 감옥으로 보내졌다.

이번에는 대모가 살고 있는 도시 쪽을 바라보았다. 대모는 어느 상인의 아내가 되어 있었다. 대모는 마침 침대에 누워 잠을 자고 있었고, 남편은 정부(아내 있는 남자가 몰래 정을 통하고 있는 여자)에게로 가고 있었다.

대자는 상인의 아내에게 소리쳤다.

"일어나세요. 대모님의 남편이 나쁜 짓을 해요."

대모는 벌떡 일어나 옷을 입고 남편의 정부가 사는 도시로 달려갔다. 그러고는 정부를 흠씬 두들겨 패고 창피를 준 뒤, 남편을 집에서 쫓아내 버렸다.

대자는 다시 자기 어머니를 바라보았다. 어머니는 집 안에서 자고 있었는데, 도둑이 들어와 궤를 부수고 있었다. 어머니는 곧 잠이 깨어 고함을 질렀다. 도둑은 깜짝 놀라 어머니를 죽이려고 도끼를 마구 휘둘렀다.

대자는 참지 못하고 손에 들고 있던 패를 그 도둑에게로 던졌다. 관자놀이에 정통으로 패를 맞은 도둑은 그 자리에서 쓰러져 죽어 버렸다.

6

대자가 도둑을 죽이자마자 벽이 닫히면서 방은 다시 그전대로 바뀌었다. 그때 갑자기 문이 열리면서 대부가 들어왔다. 대부는 대자에게로 다가가더니, 그의 손을 잡고 옥좌에서 끌어내리며 말했다.

"너는 내가 이른 것을 듣지 않았다. 네가 저지른 첫째 잘못은 금지된 문을 연 것이다. 두 번째 잘못은 옥좌에 올라가 내 패를 손에 잡은 것이다. 세 번째 잘못은 세상에 악을 늘린 것이다. 만약 네가 한 시간만 더 앉아 있었다면 이 세상 사람들의 절반을 버려 놓았을 것이다.”

대부는 대자를 옥좌로 데리고 가더니 패를 집어 들었다. 그러자 벽이 무너져 내리면서 무엇이나 다 보이게 되었다.

대부가 말했다.

“자, 이번에는 네가 너의 아버지에게 한 짓을 보아라. 바실리는 일 년 동안 감옥에 갇혀 있으면서 온갖 나쁜 짓을 다 배워서 더욱더 사나워져 버렸다. 저자가 너희 아버지의 말을 두 필 훔치고 집에도 불을 지르려고 하지 않느냐? 저게 바로 네가 너의 아버지에게 한 짓이다.”

대자가 아버지의 집이 불타는 것을 보자마자, 대부는 그 장면을 가리고 다른 쪽을 보도록 일렀다.

“자, 봐라. 네 대모의 남편은 벌써 일 년째 아내를 버리고 딴 여자들과 놀아나고 있어. 네 대모는 술로 괴로움을 달래고 있다. 뿐만 아니라 먼젓번 정부는 완전히 타락해 버렸다. 네가 대모에게 이런 짓을 하였다.”

대부는 그것을 닫아 버리고, 이번에는 대자의 집을 보여 주었다. 어머니가 보였다. 어머니는 자기가 지은 죄를 뉘우치고 울면서 말했다.

“차라리 그때 내가 그 도둑에게 죽었더라면 좋았을걸. 그러면 이렇게 많은 죄를 짓지 않아도 되었을 텐데."

"네가 어머니에게 한 짓이다."

대부는 그것을 닫은 다음 아래쪽을 가리켰다. 대자의 눈에 도둑의 모습이 비쳤다. 두 사람의 간수가 감옥 앞에서 그 도둑을 잡아 놓고 있었다.

대부가 말했다.

"저자는 아홉 명의 목숨을 빼앗았다. 그가 죗값을 치러야 하는데, 네가 죽여 버렸기 때문에 저자의 죄를 모두 네가 책임질 수밖에 없다. 이제부터 너는 저자가 지은 모든 죄에 대해 책임을 지지 않으면 안 된다. 너는 스스로에게 이런 짓을 한 것이다. 암곰이 나무등걸을 한 번 밀었을 때는 새끼 곰을 놀라게 했을 뿐이나, 두 번째로 밀었을 때는 두 살배기 곰을 죽이고 말았다. 세 번째로 밀었을 때는 저 자신을 파멸시켜 버렸다. 네가 한 짓도 꼭 그와 마찬가지다. 지금부터 너에게 삼십 년의 시간을 줄 테니, 세상에 나가서 도둑의 죗값을 대신 치르도록 하여라. 만약 그 죗값을 치르지 못하면 네가 대신 도둑이 될 것이다."

대자가 물었다.

"어떻게 하면 도둑의 죗값을 치를 수 있을까요?"

대부가 대답했다.

"네가 지은 만큼의 죄를 세상에 나가서 없애면, 너의 죄와 도둑의 죄가 모두 없어질 것이다."

대자가 물었다.

"어떻게 하면 세상에 나가 죄를 없앨 수 있을까요?"

대부가 말했다.

"태양이 떠오르는 쪽으로 똑바로 걸어가거라. 그러면 들이 나오고 그 들에 사람들이 있을 것이다. 그 사람들이 하는 짓을 잘 보고 있다가 네가 알고 있는 것을 가르쳐 주어라. 그런 다음 다시 앞으로 걸어 나가면서 눈에 띄는 것들을 머리에 새겨 두어라. 나흘째 되는 날에는 숲에 당도할 것이다. 그 숲속에는 은사의 처소가 있다. 그곳에 은사가 살고 있는데, 그에게 이제까지 있었던 일을 모조리 이야기하여라. 그러면 그 은사가 무언가를 가르쳐 줄 것이다. 은사가 너에게 이른 것을 모두 해내면, 그때야 너는 도둑이 지은 죄를 다 갚게 되는 것이다."

대부는 이렇게 말하고 대자를 대문 밖으로 내보냈다.

대자는 걷기 시작했다. 걸으면서 생각했다.

'내가 어떻게 이 세상에서 죄를 없앨 수 있단 말인가? 세상에서는 죄인들을 유형 보내거나 감옥에 가두거나 사형에 처하거나 해서 악을 없애고 있는데, 세상의 죄를 없애면서 남의 죄를 떠맡지 않으려면 어떻게 하여야 한단 말인가?'

대자는 곰곰이 생각했지만 답을 찾을 수가 없었다. 한참 동안 걷고 걸어서 들에 당도했다. 들에는 곡식이 잘 자라 가을걷이를 앞두고 있었다. 그때 송아지 한 마리가 밭으로 뛰어 들어가는 것이 보였다. 사람들은 말을 타고 밭으로 들어가 송아지를 이리 저리 몰아 대었다.

송아지가 밭에서 뛰어 나오려고 하는 순간, 다른 사람이 말을 몰고 다가가자 송아지는 깜짝 놀라 다시 밭으로 뛰어 들어갔다. 사람들은 그 뒤를 쫓느라 말을 몰고 밭에서 이리저리 돌아다녔다. 길에는 아주머니 한 명이 서서 사람들이 자기네 송아지를 몰아 대고 있다면서 울부짖고 있었다.

대자가 농부들에게 말했다.

"당신들은 왜 그렇게 하나요? 모두들 밭에서 나와요. 그리고 저 아주머니에게 송아지를 불러내도록 하세요."

사람들은 대자의 말을 들었다. 아주머니는 밭 가장자리로 가서 송아지를 불렀다.

"이리 와, 이리 와, 이리 와!"

송아지는 귀를 세우고 가만히 듣고 있다가 아주머니에게로 곧장 뛰어가 치마 밑으로 코를 디밀었다. 하마터면 아주머니가 쓰러질 뻔했다. 그제야 농부들도 기뻐하고 아주머니도 기뻐하고 송아지도 기뻐했다.

대자는 다시 앞으로 걸어가면서 생각했다.

'이제야 악은 악에서 불어난다는 사실을 알았다. 사람들이 악을 몰아 대면 몰아 댈수록 더욱더 불어날 뿐이다. 악은 악으로 없앨 수 없다. 그렇다면 어떻게 없애야 하는 걸까? 마침 송아지

가 아주머니의 말을 들어주었으니 망정이지, 그렇지 않았다면 어떻게 불러낼 수 있었을 것인가.'

대자는 열심히 생각했으나 이렇다 할 묘안이 떠오르지는 않았다. 그는 계속해서 앞으로 걸어 나갔다.

7

한참 동안 걸어서 어느 마을에 당도했다. 마을 변두리에 있는 집으로 가서 하룻밤만 묵게 해 달라고 청했다. 주인아주머니는 선선히 들어오라고 했다. 집 안에는 아무도 없었다. 아주머니 혼자서 청소를 하고 있을 뿐이었다.

대자는 안으로 들어가 페치카 위로 올라간 다음, 아주머니가 하는 것을 찬찬히 지켜보았다. 아주머니는 집 안을 다 청소하고 나서 더러운 걸레로 탁자를 닦기 시작했다. 탁자 위에 더러운 자국이 줄무늬를 그리며 남았다. 걸레를 뒤집어서 다른 쪽으로 닦았다.

그러자 먼저의 줄무늬는 닦였지만 다른 줄무늬가 만들어졌다. 다시 세로로 닦기 시작했다. 역시 마찬가지였다. 더러운 걸레로 닦으면 더러워질 수밖에 없었다. 한쪽의 더러움을 닦으면 다른 쪽의 더러움이 남았다.

대자는 한참 동안 바라보다가 조심스럽게 말문을 열었다.

"아주머니, 지금 뭘 하고 계시는 겁니까?"

"아니, 눈으로 보면서도 묻는구나. 명절을 맞으려고 청소를 하는 중이다. 그런데 도무지 탁자를 다 닦지 못하겠지 뭐냐? 여전히 더러움이 남는구나. 완전히 지쳐 버렸다."

"아주머니, 걸레를 깨끗이 빨아 가지고 닦으면 될 텐데요."

아주머니가 그렇게 하자 탁자가 금세 깨끗해졌다.

"가르쳐 주어서 고맙다."

아주머니가 말했다.

이튿날 아침, 대자는 아주머니에게 작별을 고하고 다시 길을 떠났다. 걷고 또 걸어서 숲에 당도했다. 농부들이 수레바퀴의 테를 구부리고 있었다. 대자가 다가가 보았다. 테는 구부러질 기미조차 보이지 않았고, 농부들만 테를 잡고 빙그르르 돌고 있었다. 자세히 살펴보니, 굴대가 고정되어 있지 않아서 농부들이 함께 돌고 있는 것이었다.

대자는 그것을 보고 이렇게 말했다.

"아저씨들은 뭘 하고 계신가요?"

"수레바퀴의 테를 구부리는 중이다. 두 번이나 쪘는데도 구부러지지 않는구나. 힘이 쑥 빠져 버렸다."

"아저씨들! 굴대를 먼저 고정시키세요. 아저씨들이 굴대와 함께 돌고 있잖아요."

농부들이 그 말을 듣고 굴대를 단단히 고정시키자 일이 금세 해결되었다.

　대자는 거기에서 하룻밤을 묵고 다시 길을 떠났다. 하루 낮 하루 밤을 걸은 끝에, 동이 트기 전에 가축을 치는 사람들에게 다가갔다. 근처에 자리를 잡아 드러누운 채 그들을 지켜보았다.

　가축을 치는 사람들은 가축을 매어 놓고 불을 피우고 있었다. 삭정이를 주워다 불을 붙이고 있었는데, 활활 타오르기 전에 젖은 나뭇가지를 위에다 올려놓았다. 그 때문에 젖은 나뭇가지는 뿌지직 소리를 내면서 밑불을 꺼뜨렸다. 가축을 치는 사람들은 다시 마른 나뭇가지를 주워다 불을 피우고는 젖은 나뭇가지를 얹어서 또 불을 꺼뜨렸다. 오래도록 애를 썼으나 불을 피우지는 못했다.

　대자가 말했다.

　"젖은 나뭇가지를 급히 얹지 마세요. 그 전에 불이 잘 타오르게 하세요. 불이 활활 타오른 다음에 젖은 나뭇가지를 하나씩 얹으세요."

　가축을 치는 사람들은 그렇게 했다. 불이 세게 타오른 다음에 젖은 나뭇가지를 얹어 놓았다. 그러자 젖은 나뭇가지에 불이 붙어 모닥불이 활활 타올랐다.

　대자는 잠시 그들과 같이 있다가 또 길을 떠났다. 도대체 무슨 이유로 이 세 가지 일을 보게 한 것일까, 하고 곰곰히 생각하였으나 아직은 이해할 수가 없었다.

8

　대자는 걷고 또 걸어 하루를 걸었다. 어느 숲에 다다르자 그 안에 은사의 처소가 있었다. 대자가 그곳으로 다가가 문을 두드렸다. 처소 안에서 누군가가 물었다.

"거기 누구요?"

"큰 죄인이옵니다. 남의 죄를 대신 갚으러 가고 있습니다."

　은사가 나와 물었다.

"너는 어떻게 하여 남의 죄를 짊어지게 되었느냐?"

　대자는 자기에게 세례를 준 대부와 암곰, 밀폐된 방, 그 방의 옥좌에 관해서 이야기했다. 그러고는 대부가 자기에게 이른 것을 말하며, 들에서 본 농부들과 밭에서 곡식을 짓밟고 있던 송아지, 그 송아지가 스스로 주인 아주머니에게로 왔던 일들을 모조리 들려주었다.

"저는 악으로 악을 없앨 수 없다는 사실을 깨달았습니다. 그런데 어떻게 해야 악을 없앨 수 있는지는 모르겠습니다. 부디 저에게 가르쳐 주십시오."

　그러자 은사가 말했다.

"그 밖에 네가 본 것들을 이야기해 보아라."

대자는 집 안 청소를 하던 아주머니와 수레바퀴의 테를 구부리고 있던 농부들, 그리고 불을 지피고 있던 목부들에 관하여 이야기했다.

은사는 다 듣고 나더니 처소 안으로 들어가 이가 빠진 도끼를 한 자루 가지고 나왔다.

"자, 가자."

은사는 처소에서 조금 떨어진 공터에 이르자, 나무 한 그루를 가리켰다.

"이 나무를 찍어라."

대자가 도끼로 나무를 찍자 이내 쓰러져 버렸다.

"이번에는 그것을 세 토막 내어라."

대자는 나무를 세 토막으로 쪼개었다. 그러자 은사는 다시 처소로 가서 불을 가지고 왔다.

"그 세 토막의 통나무를 불에 태워라."

대자가 불을 피워 세 개의 통나무를 태우자, 타다 남은 세 개의 냉과리(덜 타서 피울 때 연기와 냄새가 나는 숯)가 남았다.

"그것을 흙 속에 반쯤 묻어라."

대자는 흙 속에 냉과리를 묻었다.

"저기 보이지? 이 산 아래에 강이 있다. 그 강에서 물을 입으로 머금고 와서 냉과리에 주어라. 이 냉과리에는 네가 그 아주머니에게 가르쳐 준 것처럼 물을 주어라. 이다음 것에는 네가 농부들에게 수레바퀴 구부리는 법을 가르쳐 준 것처럼 물을 주어라. 그리고 마지막 것에는 네가 불을 피우는 목부들에게 가르쳐 준 것처럼 물을 주어라. 세 개가 모두 싹이 나 세 그루의 사과나무가 자라면, 그때는 악을 어떻게 없앨 수 있는지 알게 될 것이니라. 그러면 너는 모든 죄를 갚는 것이다."

은사는 이렇게 말하고 처소로 떠났다. 대자는 생각에 골몰하였다. 은사가 자기에게 한 말이 무슨 뜻인지 도무지 알 수가 없었다. 하지만 지시받은 대로 행하기 시작했다.

9

대자는 강으로 내려가서 입에 가득 물을 머금고 와서 한 냉과리에다 주었다. 다시 강으로 내려가고 또 가고 하였다. 냉과리하나가 묻혀 있는 흙을 적시는 것만으로도 백 번을 오가야 했다. 이윽고 또 다른 두 개의 냉과리에도 물을 주었다. 대자는 지칠 대로 지쳐 시장기가 들었다.

은사에게 먹을 것을 청하려고 처소로 가 보았다. 문을 열었더니 은사는 이미 주검이 되어 의자 위에 누워 있었다. 그는 주변을 살펴보았다. 마침내 먹을 것을 발견했다. 마른 빵을 보자 허겁지겁 집어먹었다.

다음에는 삽을 찾아내어 은사의 무덤을 파기 시작했다. 밤에는 물을 머금어다 냉과리에 끼얹어 주고 낮에는 쉼없이 무덤을 팠다. 무덤을 다 파서 막 묻으려는 찰나, 마을 사람들이 찾아왔다. 은사에게 주려고 먹을 것을 가져온 것이었다.

사람들은 은사가 죽으면서 대자를 자신의 자리에 앉혔다는 사실을 알았다. 그들은 은사를 묻고 난 다음, 대자에게 빵을 남겨 놓고 갔다. 그리고 다음에 또 오겠다고 약속하였다.

대자는 은사의 뒤를 이어 살려고 그곳에 남았다. 대자는 사람들이 가져다주는 것을 먹고 지시받은 일—산 아래의 강에서 물을 입으로 머금어다가 냉과리에 주는 일—을 하며 살았다.

대자는 그렇게 일 년을 보냈다. 많은 사람들이 그를 찾아 수없이 오갔다. 숲속에 살고 있는 성인(聖人)이 산 아래의 강에서 물을 입으로 머금어다 불에 탄 나무등걸에 끼얹으며 도를 닦고 있다는 소문이 퍼졌기 때문이다.

그리하여 많은 사람들이 날마다 그를 찾아왔다. 부유한 상인들까지 선물을 가지고 그를 찾았다. 대자는 꼭 필요한 것 외에는 아무것도 갖지 않았으며, 받은 선물은 모두 가난한 사람들에게 나누어 주었다.

그는 하루의 반은 입으로 물을 머금어다 냉과리에 쏟고, 나머지 반은 휴식을 취하면서 자신을 찾아오는 사람들을 만났다. 그렇게 살라고 명령받았고, 그럼으로써 악을 없애고 죄를 씻을 수 있다고 생각하였다.

대자는 그렇게 다시 일 년을 살면서 하루도 빠짐없이 냉괴리에 물을 주었다. 그러나 냉괴리에서는 싹이 돋지 않았다.

어느 날 처소에 앉아 있으려니까 누군지는 모르지만 노래를 부르며 말을 타고 지나가는 소리가 들려왔다. 대자는 밖으로 나가서 대체 누굴까, 하고 보았다. 힘이 세어 보이는 젊은이였다. 값진 옷을 몸에 걸치고 있었으며, 타고 있는 말과 안장도 여간 훌륭한 것이 아니었다.

대자는 그를 불러세운 다음 어디 사는 누구인지, 그리고 어디로 가는지 물어보았다. 그는 말을 멈추어 섰다.

"나는 강도다. 여기저기 돌아다니며 사람을 죽이고 있다. 사람을 많이 죽이면 죽일수록 더욱더 기분이 좋아 노래를 부르는 것이다."

대자는 등골이 오싹함을 느끼며 이렇게 생각했다.

'이 같은 인간의 악은 도대체 어떻게 없애 버려야 할까? 나를 찾아오는 사람들은 모두가 자기 죄를 뉘우치고 있어서 말을 하기가 아주 좋은데, 이자는 나쁜 짓을 하고서도 자랑스럽게 떠벌리고 있군.'

대자는 아무 말도 하지 않고 한쪽으로 가서 생각에 잠겼다.

'이제 어떻게 되는 걸까? 이 강도가 이 근처에서 계속 어슬렁거리면 사람들이 겁이 나서 내게 오지 않을 텐데. 그렇게 되면 나에게도, 사람들에게도 이로울 것이 없겠군. 그보다 나는 앞으로 어떻게 살아가야 하지?'

그는 발을 멈추고 강도에게 말을 걸었다.

"사람들은 나쁜 짓을 자랑하지 않는다오. 죄를 뉘우치고 용서를 빌며 기도를 하러 나를 찾아오고 있소. 만일 신이 두렵거든 죄를 뉘우치시오. 죄를 뉘우치지 못하겠으면 여기에서 떠나 두 번 다시 나타나지 마시오. 사람들을 내 곁에서 쫓지 말란 말이오. 내 말을 듣지 않으면 천벌을 받을 것이오."

강도는 껄껄 웃었다.

"나는 신 같은 건 두렵지 않다. 네 말 따윈 듣고 싶지 않아. 너는 내 왕초가 아니다. 너는 기도로 먹고 살지만 나는 강도질로 먹고 산다. 사람은 누구나 다 먹고 살아야 한다. 너 같은 건 너를 찾아오는 여편네들한테 설교나 하면 되지 웬 잔소리야? 너는 나에게 가르칠 것이 아무것도 없다. 네가 나에게 신을 떠올리게 했기 때문에 나는 내일 사람을 둘이나 죽이게 생겼군. 지금 당장 널 죽여 버려도 되지만 그런 일로 손을 더럽히고 싶지 않다. 너야말로 앞으로는 내 눈앞에 얼씬거리지 마라."

강도는 이렇게 으름장을 놓고 떠나 버렸다. 그리고 다시는 나타나지 않았다. 대자는 한동안 전처럼 평화롭게 살았다. 그렇게 팔 년을 지내고 나자 조금씩 지루해지기 시작했다.

10

어느 날 대자는 냉과리에 물을 준 뒤 처소로 돌아와 쉬면서 사람들이 곧 찾아오겠거니, 하고 오솔길을 바라보며 앉아 있었다. 그런데 그날은 아무도 찾아오지 않았다.

해질 무렵까지 혼자 우두커니 앉아 있자니 지루해져서 이제까지의 삶을 골똘히 돌이켜 보았다. 그러다가 문득 신에게 기도를 드려서 먹고 산다고 자기를 비난하던 강도의 말이 떠올랐다.

'나는 은사가 이른 것과 다르게 살아온 듯하다. 은사는 내게 고행을 명하셨는데, 나는 그걸 방패 삼아 세속의 명예를 얻고 있었으니……. 그래서 사람들이 찾아오지 않으면 따분해하고, 사람들이 찾아오면 그들의 칭찬에 기뻐했다. 이렇게 살아서는 안 된다. 세속의 명예에 눈이 어두워 전에 지은 죄를 갚기는커녕 오히려 새로운 죄를 짓고 있지 않은가. 숲속의 딴 자리로 옮겨 가 사람들의 눈에 띄지 않도록 해야겠다. 지난 죄를 씻고 다시는 새로운 죄를 짓지 않도록 혼자서 살아가자.'

대자는 이렇게 생각하고서 마른 빵이 든 자루와 삽을 집어 들고 처소에서 나와 골짜기 쪽으로 내려갔다. 깊은 숲속에 움막을 짓고 살며 사람들의 눈에 띄지 않을 셈이었다.

대자가 자루와 삽을 메고 걸어가고 있을 때 강도가 말을 타고 달려왔다. 깜짝 놀라 달아나려고 했으나 강도가 이내 그를 따라

잡았다. 강도가 물었다.

"어딜 가나?"

대자는 그에게 사람들을 피하여 아무도 찾아오지 못하는 데로 떠나려고 한다고 대답했다. 강도는 깜짝 놀라 되물었다.

"그래, 아무도 찾아오지 않으면 앞으로 뭘 먹고 살아가려고?"

대자는 미처 그것까지 생각해 두지는 못했다. 그는 강도의 물음에 이렇게 대답했다.

"신께서 주시는 것으로 살지, 뭐."

대자의 대답에 강도는 아무 말도 하지 않고 그대로 가 버렸다.

'대체 어떻게 된 거야? 나는 저 사람의 삶에 대해 아무런 말도 하지 않았다. 어쩌면 저 사람도 이제 회개하고 있을지도 모르지. 오늘은 지난번보다 한결 더 부드러워졌군. 죽이겠다고 위협도 하지 않잖아.'

대자는 강도의 등에다 대고 외쳤다.

"어찌 됐건 그대는 죄를 회개하지 않으면 안 되오. 신에게서 절대로 도망칠 수 없소."

강도는 말머리를 돌렸다. 그러고는 허리춤에 차고 있던 칼을 빼어 그를 내려치려고 했다. 대자는 깜짝 놀라 숲속으로 도망쳤다. 강도는 뒤쫓아오지는 않고 다만 이렇게 소리를 질렀다.

"요 늙은 것아, 너를 두 번은 용서하였지만 더 이상은 안 될 줄 알아. 내 눈에 한 번만 더 띄면 곧장 죽여 버릴 테다!"

그날 저녁, 대자는 냉과리에 물을 주러 갔다가 그중 하나에 싹이 튼 것을 보았다. 바야흐로 사과나무의 싹이 자라고 있었다.

11

대자는 사람들에게서 자취를 감추고 홀로 살기 시작했다. 그런데 어느 날, 마른 빵이 다 떨어져 버렸다.

'자, 이제 나무뿌리라도 찾아보자.'

그는 이렇게 생각하며 나무뿌리를 찾아 나섰다가, 나뭇가지에 마른 빵이 든 자루가 걸려 있는 것을 보았다. 대자는 그것을 가지고 와서 양식으로 삼았다. 마른 빵이 떨어지자, 또 같은 나뭇가지에 빵이 든 자루가 걸려 있었다.

이것으로 대자는 살아가는 일은 문제가 없었으나 꼭 한 가지 걱정거리가 있었다. 강도가 두려워졌던 것이다. 강도가 나타나는 기척이 있으면 재빨리 몸을 숨기곤 했다.

'그자에게 죽임을 당하면 죄를 갚지 못하게 된다.'

그렇게 하여 또 십 년이 지났다. 사과나무는 한 그루만 자랐을 뿐, 나머지 두 냉과리는 여전히 타다 남은 그대로였다.

어느 날 아침, 대자는 일찍 일어나 평소처럼 냉과리의 흙을 물로 축였다. 그러고는 한껏 지친 얼굴로 바닥에 앉아 쉬었다. 그

때 문득 이런 생각이 들었다.

'나는 죄를 범하고 말았다. 죽음을 두려워하게 되었으니까. 신의 뜻이라면 죽음으로 죄를 씻자.

바로 그 순간, 강도가 말을 타고 욕지거리를 하면서 다가오는 소리가 들렸다. 대자는 그 소리를 들으며 생각에 잠겼다.

'신이 아닌 그 누구에게서도 좋은 꼴이건 나쁜 꼴이건 당할 일은 없다.'

그는 강도 쪽으로 걸어갔다. 강도는 혼자가 아니었다. 안장에 사람을 태우고 있었다. 그 사람은 양손이 묶인 데다 입에는 재갈이 물려 있었다. 강도는 그 사람에게 욕을 마구 퍼붓고 있었다.

대자는 강도에게 다가간 다음 말 앞에서 우뚝 멈춰 섰다.

"이 사람을 어디로 데리고 가시오?"

"숲속으로 데리고 간다. 이놈은 장사꾼의 아들인데, 제 아비의 돈이 어디에 숨겨져 있는지 가르쳐 주지 않아서 입을 열 때까지 두들겨 팰 작정이다."

강도는 말을 마치자마자 지나가려고 하였다. 그때 대자가 가지 못하게 말고삐를 손으로 움켜잡았다.

"이 사람을 놓아주시오."

강도는 대자에게 화를 내며 채찍을 휘둘렀다.

"아니, 너도 똑같은 꼴을 당하고 싶으냐? 너를 또 만나면 죽이겠다고 이미 경고를 했을 텐데? 당장 놓아라!"

대자는 조금도 놀라지 않았다.

"놓지 못하겠소. 그대가 뭐라고 해도 두렵지 않으니까. 나는 오직 신만을 두려워할 뿐이오. 그런데 신께서 손을 놓아선 안 된다고 이르시는군요. 이 사람을 어서 놓아주시오."

강도는 미간을 찌푸리더니 칼을 빼어 새끼줄을 탁 끊었다. 놀랍게도 상인의 아들을 풀어 준 것이었다.

"썩 꺼져! 너희 둘 다 두 번 다시 내 앞에 나타나지 않도록 해."

상인의 아들은 말에서 뛰어내리자마자 곧장 달아나 버렸다. 강도는 그대로 지나가려고 했으나 대자가 붙잡고 놓아주지 않았다. 그는 강도에게 그런 나쁜 생활은 이제 그만 청산하라고 타일렀다. 강도는 잠시 동안 멈춰 서서 대자의 말에 귀를 기울이더니, 그의 말이 끝나자마자 아무 말 없이 가 버렸다.

이튿날 아침, 대자는 냉과리에 물을 주러 갔다. 두 번째 냉과리에서 사과나무의 싹이 돋아나 자라고 있었다.

12

다시 십 년이 지났다. 어느 날 대자는 움막에 들어앉아 있었다. 대자에게는 더 이상 바랄 것도 두려울 것도 없었으며, 마음속은 오로지 기쁨으로 가득 차 있었다.

대자는 속으로 이렇게 중얼거렸다.

'신께서는 사람들에게 얼마나 큰 자비를 베풀어 주셨는지 모른다. 그런데도 사람들은 헛되이 자기 자신을 괴롭히고 있다. 기쁨 속에서 충분히 살아갈 수 있는데도 말이다.'

그는 사람들이 자기 자신을 괴롭히고 있는 세간의 온갖 악에 대해서 생각해 냈다. 그러자 사람들이 불쌍하게 여겨졌다.

'내가 이런 생활을 하고 있는 것은 옳지 않다. 내가 알고 있는 것을 사람들에게 들려주기 위해서 나서야 한다.'

이렇게 생각하는 순간, 강도가 말을 타고 지나가는 소리가 들렸다. 그는 강도를 지나가게 한 다음 다시금 생각에 잠겼다.

'저런 사람에게는 아무리 말을 해도 알아듣지 못할 거야.'

그러다 시간이 조금 더 지나자 생각이 바뀌었다. 대자는 마음을 고쳐먹고 한길로 나갔다. 강도는 어두운 표정으로 땅바닥을 내려다보면서 말을 몰고 있었다.

그 순간, 가여운 마음이 들었다. 대자는 강도에게로 달려가 두 손으로 무릎을 움켜잡았다.

"이보시오, 형제! 자신의 영혼을 아끼시오! 그대 안에는 신의 영혼이 있잖은가. 그대 스스로 괴로움에 휩싸여 다른 사람까지 괴롭히고 있지 않소? 앞으로 그 괴로움은 한층 더 심해질 거요. 신께서는 그대를 무척 사랑하시고 계신다오. 그대를 위해 크나큰 자비를 마련하고 계시니, 제발 자신을 파멸시키는 짓은 그만

두시오. 이제부터라도 삶의 방식을 바꾸어요!"

강도는 얼굴을 잔뜩 찌푸린 채 고개를 획 돌렸다.

"내버려 둬!"

대자는 강도의 무릎을 한결 더 세게 부여잡고 눈물을 흘렸다. 강도는 눈을 들어 대자를 바라보았다. 한참을 바라보다가 말에서 내리더니 대자 앞에 무릎을 꿇고 앉았다.

"영감님, 당신이 나를 이겼소. 나는 이십 년 동안 당신과 싸웠으나 오늘 바로 지고 말았소. 지금 나는 나 자신을 다스릴 수가 없어요. 당신 좋을 대로 하시오. 처음에 당신이 나에게 설교를 했을 때는 기분이 몹시 나빴소. 그런데 당신이 사람들을 피하며 그 어떤 도움도 얻으려고 하지 않는 것을 보고서 생각에 변화가 생겼지요."

그 순간, 대자의 머릿속에 문득 떠오르는 게 있었다. 아주머니가 걸레를 헹구어 빨았을 때에야 비로소 탁자를 깨끗이 닦을 수 있었던 것을. 그는 자신에 대한 걱정을 그치고 마음을 정화함으로써 남의 마음까지 치유할 수 있었던 것이다.

강도가 말을 이었다.

"그리고 당신이 죽음을 두려워하지 않았을 때 내 마음이 그만 꺾이고 말았소."

거기서 대자는 또 한 가지를 생각해 냈다. 수레의 굴대를 고정시켰을 때에야 비로소 수레바퀴의 테를 구부릴 수 있었던 일을.

그가 죽음을 두려워하지 않고 자기의 삶을 신에게 고정시켰을 때에야 강도가 반항의 마음을 접고 화해를 청했던 것이다.

강도가 다시 말했다.

"당신이 나를 가엾게 여기고 내 앞에서 울었을 때는 내 마음이 완전히 녹아 버렸소."

대자는 몹시 기뻐하며 강도를 냉과리가 있는 곳으로 데리고 갔다. 두 사람이 다가가자, 마지막으로 남아 있던 냉과리에서 사과나무의 싹이 돋아났다.

바로 그때, 대자의 머릿속에 불이 활활 피어올랐을 때에야 목부들의 젖은 장작이 타기 시작했던 일이 떠올랐다. 자기 내부에서 진정으로 마음이 타올랐을 때에야 타인의 마음을 활활 불태울 수 있었던 것이다.

대자는 이제야말로 죄를 모두 갚았다는 것을 깨닫고 크게 기뻐했다. 그러한 이야기를 강도에게 모두 들려주고는 흐뭇한 마음으로 숨을 거두었다. 강도는 그를 땅에 묻은 다음, 대자가 일러 준 대로 생활하며 그가 그랬던 것처럼 사람들에게 올바르게 사는 법을 가르쳤다.

제 10 편

예멜리얀과 빈 북

예멜리얀은 남의 집에서 머슴살이를 하고 있었다. 어느 날 들일을 하러 가기 위해 벌판을 지나가다, 개구리 한 마리가 폴짝폴짝 뛰고 있는 것을 발견했다. 하마터면 밟을 뻔했지만, 가까스로 개구리를 뛰어넘었다.

"예멜리얀!"

그때 뒤에서 누군가가 부르는 소리가 들렸다. 예멜리얀이 뒤를 돌아보니 예쁜 처녀가 서 있었다.

"예멜리얀, 왜 당신은 장가를 들지 않으세요?"

"나 같은 게 어떻게 장가를 가요? 나는 아무것도 가진 게 없어요. 있는 것이라곤 몸뚱이 하나뿐이어서 아무도 시집을 오려고 하지 않아요."

처녀가 말했다.

"그렇다면 내가 시집갈게요!"

예멜리얀은 그 처녀가 마음에 쏙 들었다.

"나야 두말할 것 없이 좋지만, 어디다 살림을 차리지?"

처녀가 말했다.

"그런 건 걱정할 필요 없어요. 열심히 일을 하고 잠을 적게 자면, 어디를 가도 먹고 살 수 있을 거예요."

"하긴 그래. 그렇다면 결혼합시다. 그런데 어디로 가서 살지?"

"시내에 나가 살아요."

예멜리얀은 처녀와 함께 시내로 갔다. 처녀는 그를 변두리에 있는 조그만 집으로 데려갔다. 두 사람은 곧 결혼을 해서 신혼살림을 차렸다.

어느 날 왕이 마차를 타고 성 밖으로 행차를 했다. 왕이 예멜리얀의 집 앞을 지날 때, 마침 그의 아내가 왕을 보려고 밖으로 나와 있었다.

왕은 예멜리얀의 아내를 보고는 깜짝 놀랐다.

'저런 미인이 어디에서 나타났담?'

왕은 마차를 멈추고 예멜리얀의 아내를 불러서 물었다.

"너는 누구냐?"

그녀는 차분한 목소리로 대답했다.

"농부 예멜리얀의 아내이옵니다."

"너는 그렇듯 아름다운데, 어찌 농부의 아내가 되었느냐? 왕비가 될 수도 있었을 텐데."

"과찬의 말씀입니다. 황공하오나, 저는 농부의 아내로도 충분히 만족하옵니다."

왕은 그녀와 잠시 말을 주고받은 뒤 마차를 몰아 그 자리를 떠났다. 그리고 궁전으로 들어갔는데, 예멜리얀의 아내가 도무지 머릿속에서 떠나지를 않았다.

왕은 밤새도록 한숨도 자지 못했다. 오로지 예멜리얀에게서 아내를 어떻게 빼앗을 수 있을지만 궁리하였다. 그러나 딱히 묘안이 떠오르지 않았다. 결국 그는 신하들을 불러 놓고 좋은 수를 생각해 내라고 윽박질렀다.

신하들이 왕에게 아뢰었다.

"우선 예멜리얀을 궁전으로 불러들이심이 좋을 줄로 아뢰옵니다. 그런 뒤, 저희가 그놈을 혹독하게 부려서 죽여 버리면 그 아내는 과부가 될 것이옵니다. 그때는 얼마든지 마음대로 하실 수 있사옵니다."

왕은 그 말을 듣고 예멜리얀에게 심부름꾼을 보낸 뒤, 당장 궁전으로 와서 일을 하라고 명령했다. 그리고 아내도 함께 궁전에 들어와 살도록 일렀다. 심부름꾼이 곧 예멜리얀에게 가서 그 말을 전했다.

그러자 아내가 남편에게 말했다.

"괜찮으니까 다녀오도록 해요. 낮에는 궁전에 가서 일하고 밤에는 집으로 돌아와요."

예멜리얀은 짐을 꾸려 집을 나섰다. 그가 궁전에 도착하자 신하가 대뜸 이렇게 물었다.

"아내는 왜 데려오지 않고 혼자서 왔느냐?"

"무엇 때문에 제가 아내를 데리고 와야 합니까? 저희에게도 집이 있는뎁쇼."

궁전에서는 예멜리얀에게 두 사람 몫의 일거리를 주었다. 예멜리얀은 일을 하면서도 그날 안에 끝낼 수 있으리라곤 꿈에도 생각지 못했다. 그러나 일을 하다 보니, 저녁때가 되기 전에 깨끗이 끝나 버렸다. 신하는 그가 일을 끝낸 것을 보고는 깜짝 놀라면서 다음 날의 일거리로 네 사람 몫의 일을 맡겼다.

이윽고 예멜리얀은 집으로 돌아왔다. 집 안은 깨끗이 청소가 되어 있었고, 난로에는 훈훈하게 불이 피워져 있었다. 식사 준비도 다 끝나 있었다. 아내는 식탁 앞에 앉아 바느질을 하면서 남편을 기다렸다.

그녀는 남편을 맞아들인 후 저녁 식사 시중을 들며 궁전에서 한 일에 대해 이것저것 캐물었다.

"도저히 끝마칠 수 없는 양의 일이오. 아마도 그들은 일부러 힘에 겨운 일을 맡겨서 나를 혹독하게 부려 죽일 속셈인 게 틀림없소."

"당신은 일에 대한 걱정은 하지 말아요. 이제 어느 정도 했을까, 앞으로 얼마나 남았을까, 하고 뒤를 돌아보거나 앞을 내다보는 일은 하지 않는 게 좋아요. 그저 일만 해요. 그러면 시간 안에 다 끝낼 수 있을 테니까요."

예멜리얀은 잠자리에 들었다.

이튿날 아침이 되자 또다시 일을 하러 궁전으로 갔다. 그리고 묵묵히 일을 하기 시작했다. 한 번도 뒤를 돌아보는 일 없이 그저 열심히 하다 보니 어느새 일이 모두 끝나 있었다. 그래서 어둡기 전에 집으로 돌아갔다.

날이 거듭될수록 예멜리얀에게는 일이 계속해서 불어났다. 하지만 예멜리얀은 아무리 일거리가 많아도 시간 안에 몽땅 끝내고 집으로 돌아가곤 했다.

그렇게 일주일이 지났다. 신하들은 그 어떤 힘든 일로도 그를 괴롭힐 수 없다는 사실을 깨달았다. 그래서 이번에는 아주 어려운 일을 맡기기로 했다.

하지만 그것 역시 그를 괴롭히지는 못했다. 목수 일이든, 석수 일이든, 미장 일이든, 무슨 일을 시켜도 예멜리얀은 그날 안에 뚝딱 끝내고 밤이면 어김없이 아내에게로 돌아갔다.

또 한 주일이 지났다. 왕은 신하들을 불러 놓고 화를 내며 꾸짖었다.

"내가 언제까지나 너희에게 공밥을 먹여야 한단 말이냐? 벌써 두 주일이 지났는데도 아무런 효과가 없지 않느냐? 너희는 예멜리얀을 혹사하여 죽이겠다고 했는데, 내가 창문으로 내다본즉 그자는 날마다 콧노래를 부르며 집으로 돌아가고 있지 않느냐? 이는 분명 너희가 나를 놀리고 있는 것이렷다."

신하들은 당황하여 변명을 늘어놓았다.

"저희는 온 힘을 다하였습니다. 그러나 아무리 해 보아도 소용이 없었습니다. 무슨 일을 시켜도 비로 쓸어 내듯이 말끔하게 해치워 버릴 뿐 도무지 피로라는 걸 모릅니다. 그래서 아주 어려운 일을 시켜 보았습니다만 그것 역시 소용이 없었습니다. 어떻게 된 노릇인지 어떤 일을 시켜도 깨끗이 해치워 버립니다. 아마도 그자 혹은 그자의 아내가 마술을 부리는 것이 틀림없사옵니다. 소신들도 이제 그자에게 지쳤습니다. 그래서 이번에야말로 도저히 해낼 수 없는 일을 맡겨 볼까 하옵니다. 다름이 아니오라, 그자에게 하루 만에 성당을 짓게 하는 것이옵니다. 아무쪼록 예멜리얀을 부르시어 궁전 앞에다 하루 만에 성당을 짓도록 명하여 주시옵소서. 만약 그자가 성당을 짓지 못한다면 그때야말로 어명을 어긴 죄로 목을 칠 수도 있지 않겠사옵니까?"

왕은 심부름꾼을 보내어 예멜리얀을 불러오게 하였다.

"예멜리얀, 너에게 한 가지 이를 것이 있다. 궁전 앞 광장에 성당을 하나 짓도록 하라. 그리고 내일 안으로 끝내도록 하라. 다

지으면 후한 상을 내리겠으나, 만일 다 짓지 못할 때에는 사형에 처할 것이다.”

예멜리얀은 왕의 명령을 받은 후 곧장 집으로 달려갔다. 그는 '이제 정말 끝장이구나.'라고 생각하고서 집에 돌아가자마자 아내에게 이 사실을 털어놓았다.

“어서 채비를 차리시오. 아무 데라도 좋으니 어서 도망가야겠소. 그렇잖으면 아무 죄도 없이 죽임을 당할 거요.”

“아니, 도망을 가다니요? 뭘 그렇게 무서워하나요?”

아내가 물었다.

“어떻게 무서워하지 않을 수 있겠소? 폐하께서 내일 안에 성당을 지으라 하시면서, 만약 짓지 못하는 날에는 목을 치시겠다는 거요. 그러니 달리 도리가 없잖소? 조금이라도 시간이 있을 때 도망을 치는 수밖에.”

그러나 아내는 이 말을 받아들이지 않았다.

“폐하께는 군대가 있기 때문에 어디로 가든 붙잡히게 마련이에요. 폐하한테서 도망칠 방법은 없어요. 그러니 힘이 닿는 데까지 명령에 따르는 수밖에요.”

“힘에 부치는데 어떻게 따른단 말이오?”

“원, 당신도! 그렇게 낙심할 것 없어요. 얼른 저녁이나 드시고 주무세요. 그리고 내일은 다른 때보다 조금 더 일찍 일어나도록 해요. 그것만 지키면 모든 게 다 잘될 거예요.”

예멜리얀은 일찌감치 잠자리에 들었다. 이튿날 아침이 되자 아내가 그를 흔들어 깨웠다.

"궁전으로 가 보세요. 그리고 성당을 마저 짓고 돌아와요. 자, 여기 못과 망치가 있어요. 거기에 가면 당신이 할 일은 하루치밖에 안 남아 있을 거예요."

예멜리얀은 시내로 나갔다. 과연 광장 한복판에 새 성당이 우뚝 서 있었는데, 일거리라곤 끝손질할 부분만 조금 남아 있을 뿐이었다. 예멜리얀은 필요한 곳을 손보며 저녁때가 되기 전에 일을 완전히 끝내 버렸다.

왕이 잠에서 깨어나 궁전에서 내다보니 광장 한복판에 성당이 떡하니 서 있었다. 예멜리얀은 사방팔방 돌아다니며 여기저기에 못을 박고 있었다. 왕은 그 성당을 보고서 조금도 기뻐하지 않았다. 예멜리얀을 처벌할 구실이 사라져 그의 아내를 뺏지 못하는 것만이 분해서 견딜 수가 없었다.

그래서 또다시 신하들을 불러 모았다.

"예멜리얀은 이번 일도 완성했다. 이래 가지고는 그자를 처벌할 구실이 없잖은가. 이번 일도 놈에겐 너무 쉬웠던 게야. 더 어려운 일이 없는지 잘 생각해 보아라. 만약 그렇잖으면 그자보다 너희를 먼저 엄벌에 처하겠다."

그러자 신하들이 예멜리얀더러 강을 파게 하자고 제안했다. 강이 궁전을 둘러싸고 흐르도록 한 뒤, 큰 배를 띄울 수 있도록 해야 한다는 조건을 붙이자고 했다. 왕은 예멜리얀을 급히 불러서 새로운 일을 분부했다.

"너는 하룻밤에 성당을 지었으니 이번 일도 너끈히 해낼 수 있을 것이다. 이번 일도 내일 안으로 끝내도록 하라. 만일 그러지 못할 때는 목을 칠 테니 그리 알라."

예멜리얀은 어제보다 더 슬픔에 잠겨 시무룩한 얼굴로 아내에게로 돌아갔다.

아내가 그의 낯빛을 살피며 물었다.

"왜 그렇게 기운이 없어요? 폐하께서 또 어려운 일을 분부하신 모양이군요?"

예멜리얀은 아내에게 자초지종을 말했다.

"이번에는 세상 없어도 달아나야 해."

아내가 말했다.

"그 많은 군대에게서 달아날 수 없어요. 어디로 가든 결국은 붙잡히고 말 테니까요. 그러니 이번에도 분부대로 하는 수밖에 도리가 없어요."

"대체 어떻게 분부대로 한단 말이오?"

"아무 걱정 말아요. 저녁이나 드시고 푹 주무세요. 그리고 내일은 조금 더 일찍 일어나세요. 다 잘될 거예요."

이윽고 예멜리얀은 잠자리에 들었다. 아침이 되자 아내가 그를 급히 깨웠다.

"어서 궁전으로 가 보세요. 다 준비되어 있을 거예요. 다만 궁전 앞의 부두에 조그만 흙더미가 남아 있을 뿐이니 삽을 가지고 가서 평평하게 고르기만 해요."

예멜리얀은 집을 나서서 시내로 갔다. 어느새 궁전 주위로 강이 흐르고 거기에 큰 배들이 오가고 있었다. 예멜리얀이 궁전 앞의 부두에 가 보니, 정말로 땅이 조금 울퉁불퉁한 데가 있어서 삽으로 평평하게 골랐다.

왕이 잠에서 깨어 밖을 바라다보니, 어제는 없었던 강이 궁전을 에워싼 채 흐르고 있었다. 강물 위에는 큰 배까지 두둥실 떠다녔다. 그리고 예멜리얀은 삽으로 땅바닥을 고르고 있었다. 이번에도 왕은 강이고 배고 하나도 기쁘지 않았다. 그저 예멜리얀을 처벌할 수 없는 것만이 분해서 견딜 수가 없었다. 그래서 곰곰이 생각에 잠겼다.

'흠, 저놈에겐 못할 일이 전혀 없는 모양이군. 이제 어떻게 하면 좋을까?'

왕은 신하들을 불러 놓고 함께 궁리를 하기 시작했다.

"너희는 예멜리얀이 할 수 없는 일을 생각해 내도록 하라. 우리가 무슨 일을 궁리해 내도 놈은 순식간에 척척 해내니, 이래 가지고는 그자의 아내를 어떻게 뺏을 수 있겠느냐?"

신하들은 생각에 생각을 거듭한 끝에 어렵사리 묘안을 떠올렸다. 이윽고 왕 앞으로 나아가 아뢰었다.

"예멜리얀을 부르시어 이렇게 분부하옵소서. 어딘지도 모르는 곳에 가서 무엇인지도 모르는 것을 가지고 오라고 하시면, 그놈도 도저히 빠져나갈 수가 없을 것이옵니다. 그자가 어디로 가든 폐하께서는 가야 할 데로 가지 않았다고 말씀하시면 되옵고, 그자가 무엇을 가지고 오든 분부하신 것이 아니라고 말씀하시면 되옵니다. 그러면 그자를 처벌하실 수 있사오니 놈의 아내를 빼앗는 것은 전혀 문제가 없사옵니다."

왕은 크게 기뻐했다.

"이번에는 아주 좋은 꾀를 내었구나."

왕은 다시 예멜리얀을 불러서 분부를 내렸다.

"어딘지도 모르는 곳에 가서 무엇인지도 모르는 것을 가져오도록 하라. 만일 가져오지 못하면 네 목을 칠 것이다."

예멜리얀은 아내에게로 돌아와서 왕의 분부를 그대로 전했다. 아내는 곰곰 생각에 잠겼다.

"당신을 죽이기 위해 신하들이 폐하께 그런 꾀를 일러 준 게 틀림없어요. 이번에는 정말로 지혜롭게 대처하지 않으면 안 되겠군요."

아내는 이렇게 말하고는 잠시 앉아서 생각에 잠기더니 남편에게 말했다.

"좀 먼 곳이지만 당신이 군인의 어머니, 그러니까 농부의 할머니를 찾아가서 도움을 청해야겠어요. 그분이 뭔가를 주거든 그것을 가지고 곧장 궁전으로 가요. 나도 거기에 가 있을 테니까요. 이렇게 된 이상 나도 이제 그 사람들의 손아귀에서 벗어날 수가 없어요. 그들은 틀림없이 나를 힘으로 끌고 가려 할 거예요. 하지만 그것도 오래가지는 못할 거예요. 당신이 그 할머니가 시키는 대로만 하면 나를 금방 구해 낼 수 있으니까요."

아내는 남편에게 길 떠날 채비를 차리도록 하고 그에게 자루와 물렛가락(물레로 실을 자아낼 때, 실이 감기는 꼬챙이)을 주었다.

"이걸 할머니에게 드리세요. 이것을 보면 당신이 내 남편이라는 것을 금세 알아차릴 테니까요."

아내는 그에게 길을 가르쳐 주었다. 예멜리얀이 집을 나서서 도시 밖으로 나가다 보니 군인들이 한창 훈련을 받고 있었다. 그는 한참 동안 서서 구경을 했다. 마침내 군인들이 훈련을 끝내고 바닥에 앉아서 쉬었다. 예멜리얀은 그들 곁으로 가서 물었다.

"이봐요, 어딘지도 모르는 곳으로 가려면 어느 쪽으로 가야 하는지요? 그리고 무엇인지도 모르는 것을 가져오려면 어떻게 해야 하는지 알고 있소?"

군인들은 그 말을 듣더니 깜짝 놀랐다.

"도대체 누가 당신한테 그런 걸 찾아오라고 했나요?"

군인들이 물었다.

"폐하지 누구겠소?"

예멜리얀이 대답했다.

"실은 우리도 군인이 되면서부터 어딘지도 모르는 곳에 가려고 했으나 아무리 노력해도 갈 수가 없답니다. 무엇인지 모르는 것도 찾고 있으나 그것 역시 아직 보지를 못했소. 그러니 당신에게 아무것도 가르쳐 줄 수가 없군요."

군인들이 말했다.

예멜리얀은 군인들과 같이 잠시 앉아 있다가 다시 길을 떠났다. 한참을 걷다가 어느 숲에 이르렀다. 숲속에는 조그만 집 한 채가 있었다. 집 안에는 할머니가 앉아 울면서 물레로 실을 잣고 있었다. 할머니는 침 대신 눈물로 손가락을 적시고 있었다.

할머니는 예멜리얀을 보더니 대뜸 소리를 질렀다.

"뭣 때문에 여기에 왔지?"

예멜리얀은 할머니에게 물렛가락을 내놓으며 아내가 보내서 왔노라고 말했다. 그러자 할머니는 곧 누그러져 이것저것 묻기 시작했다. 예멜리얀은 할머니에게 이제까지의 일을 죄다 털어놓았다.

즉 그가 그 처녀에게 어떻게 장가를 들었는지, 이렇게 도시로 옮겨 살게 되었는지, 어떻게 왕에게 불려 가 궁전에서 일하게 되었는지, 어떻게 성당을 짓고 배가 다니는 강을 팠는지, 그리고 이번에 어딘지도 모르는 곳에 가서 무엇인지도 모르는 것을 가지고 오라고 분부한 일까지 모두 이야기했다.

할머니는 예멜리얀의 이야기를 다 듣고 나자 손등으로 눈물을 훔쳤다. 그러고는 혼잣말로 중얼거렸다.

"드디어 때가 온 모양이군. 여기 앉아서 요기 좀 하게나."

예멜리얀이 식사를 끝내자 할머니가 그에게 말했다.

"자, 여기 실 뭉치가 있네. 이것을 앞으로 던져서 굴러가는 쪽으로 따라가게. 아주 먼 바닷가까지 가야 해. 바닷가에 이르면 큰 도시가 있을 걸세. 시내로 들어서거든 첫 집에 들어가서 하룻밤만 재워 달라고 청하게. 자네가 필요로 하는 것은 거기서 찾을 수 있을 게야."

"하지만 할머니, 제가 그걸 어떻게 압니까?"

"아들이 자기 부모의 말보다도 그것이 말하는 것을 더 잘 듣는 것이 나타나면 그게 바로 자네가 찾는 물건이야. 그러니 그걸 폐하게 가지고 가게. 폐하는 자네가 가져온 것이 틀렸다고 할 걸세. 그러면 이렇게 말하게. '만일 이것이 아니라면 부숴 버려야 합니다.' 그러고는 그걸 두드리면서 강 쪽으로 가서 산산조각을 낸 다음 물속에 던져 버리면 되네. 그러면 아내도 되찾을 것이고 내 눈물도 마를 것이야."

예멜리얀은 할머니에게 작별 인사를 하고 그 집을 나서서 실 뭉치를 던졌다. 실 뭉치는 구르고 굴러서 마침내 그를 바닷가로 이끌었다. 바닷가에는 큰 도시가 있었다. 진짜로 변두리에 커다란 집이 한 채 있었다.

예멜리얀은 그 집으로 가서 하룻밤만 묵게 해 달라고 청했다.

그는 안내를 받은 다음 잠자리에 들었다. 아침 일찍 눈을 뜨니, 아버지가 아들을 깨우며 나무를 해 오라고 하는 소리가 들렸다. 그러나 아들은 그 말을 듣지 않았다.

아들이 말했다.

"아직 일러요. 좀 더 있다 가도 돼요."

이번에는 난로 쪽에서 어머니의 목소리가 들렸다.

"얘야, 어서 갔다 오너라. 아버지는 허리가 아프셔서 그러잖니? 그래, 너는 기어이 아버지더러 나무를 해 오시게 할 작정이냐? 이르긴 뭐가 이르다는 것이냐?"

그러나 아들은 몇 차례 혀를 차더니 다시 잠들어 버렸다. 그때 갑자기 한길에서 무엇인가가 요란한 소리를 내기 시작했다. 아들은 벌떡 일어나더니 옷도 갈아입는 둥 마는 둥 하고는 한길로 뛰어나갔다.

예멜리얀도 후다닥 일어나서 무엇이 그런 소리를 내는지, 아버지의 말보다도 그를 더 따르게 하는 것이 무엇인지 확인하러 달려갔다.

밖으로 달려 나가 보니 어떤 사람이 배에다 둥그런 것을 차고는 막대기로 툭툭 치면서 걸어가고 있었다. 그것이 요란한 소리를 내면서 아들을 따르게 한 것이었다. 예멜리얀은 그 곁으로 얼른 다가가 찬찬히 살펴보았다. 그것은 대야같이 생겼는데, 양편에 가죽이 매여 있었다.

"이게 뭐요?"

예멜리얀이 물었다.

"북이지 뭐요?"

"속이 빈 거요?"

"그렇소."

그가 대답했다.

예멜리얀은 깜짝 놀라며 그것을 달라고 애원했다. 그러나 그는 한사코 주려고 하지 않았다. 예멜리얀은 사정하기를 그치고 그를 따라다니기 시작했다. 온종일 따라다니다가 그가 잠이 든 사이에 북을 훔쳐서 달아났다.

예멜리얀은 달리고 또 달려서, 가까스로 자기 집에 도착했다. 그런데 어떻게 된 일인지 아내가 보이지 않았다. 정말로 왕에게 끌려가 버린 것이었다.

예멜리얀은 궁전으로 달려가 "어딘지도 모르는 곳에 가서 무엇인지도 모르는 것을 가지고 온 사람이 돌아왔습니다."라고 왕에게 전하도록 일렀다. 신하들이 곧 왕에게로 가서 그 사실을 아뢰었다.

한참이 지나도록 아무 소식이 없자, 예멜리얀은 다시 한 번 왕에게 자신이 왔음을 알려 달라고 신하에게 청했다.

"제가 오늘 이곳에 온 것은 분부하신 물건을 갖고 왔기 때문이오니, 아무쪼록 폐하께서는 소인을 만나 주십시오. 그렇잖으면 제가 직접 들어가겠습니다."

얼마 후, 왕이 나와 물었다.

"너는 어디에 갔다 왔느냐?"

예멜리얀은 그대로 대답했다.

"그렇다면 틀렸어. 그리고 무엇을 가지고 왔지?"

예멜리얀은 그것을 보여 주려고 했으나 왕은 거들떠보지도 않았다.

"그것도 틀렸어."

왕이 말했다.

"만약 그러시다면 이것을 때려 부숴야만 하옵니다. 에이, 악마에게나 줘 버리자."

예멜리얀은 북을 들고 궁전에서 나와 그것을 두드려 댔다. 그가 북을 두드리자 왕의 군대가 모두 예멜리얀에게로 모여들었다. 그들은 예멜리얀에게 경례를 하고는 그가 내릴 명령을 기다렸다.

왕은 창문 너머로 고개를 내밀고 자기 군대에게 예멜리얀을 따라가지 말라고 소리쳤다. 그러나 군인들은 왕의 말을 듣지 않고 계속해서 예멜리얀을 따라갔다.

왕은 예멜리얀의 아내를 데려다주라고 이르고는 그에게 북을 넘겨 달라고 사정했다.

"그럴 수는 없사옵니다. 저는 이 북을 부수어서 강물 속에 내

던지라는 명령을 받았사옵니다."

예멜리얀은 북을 두드리며 강가로 갔다. 군인들도 그를 따라 갔다. 예멜리얀은 강가에서 북을 산산조각 낸 다음, 그것을 강물 속에 휙 내던졌다. 그러자 군인들이 한 사람도 남김없이 모두 흩어져 달아나 버렸다.

얼마 뒤, 예멜리얀은 아내를 데리고 집으로 돌아왔다. 그 후로 왕은 예멜리얀을 더 이상 괴롭히지 않았다. 그들은 아무런 걱정 없이 오래오래 행복하게 살았다.

제 11 편

노동과 죽음과 병

남아메리카의 인디언들 사이에는 이런 전설이 전해 내려온다.

태초에 신은 사람들이 일을 할 필요가 없게 만들었다. 집이고 옷이고 먹을 것도 필요 없이 모두 백 살까지 살았을 뿐 아니라 병 따위는 아예 알지도 못했다고 한다.

어느 정도 시간이 흘러, 신은 사람들이 어떻게 살고 있는지 알아보려고 인간 세상에 내려와 속속들이 살펴보았다. 그런데 사람들은 삶에 대해 기뻐하지 않고 자신만 걱정하기에 바쁜가 하면 틈만 나면 싸움을 일삼았다. 삶에 감사하기는커녕 오히려 저주하면서 살고 있었던 것이다.

그것을 본 신은 사람들이 저마다 자기 자신만을 위해 살기 때문에 그리 되었다고 생각했다. 그래서 다시는 이런 일이 없게 할 생각으로 사람들이 일하지 않고는 살아갈 수 없도록 만들었다. 그때부터 사람들은 추위와 배고픔으로 고생하지 않기 위해서 집을 짓고 땅을 갈고 곡식을 길러 거두어들여야 했다.

그러고 나서 신은 생각했다.

'노동은 그들을 하나로 묶을 것이다. 사람은 혼자서 통나무를 베어 끌고 와 집을 지을 수 없다. 혼자서는 도구를 만들거나 씨 앗을 뿌리고 거두어들일 수도, 실로 천을 짜서 옷을 지을 수도 없으니까. 그들은 서로 어울려 사이좋게 일을 할수록 더욱 많은 걸 얻을 수 있고, 또 그럴수록 잘살게 된다는 사실을 깨닫게 되리라. 그 점이 그들을 하나로 묶을 것이다.'

또 얼마간의 시간이 흘렀다. 신은 다시금 사람들이 어떻게 살고 있는지 살펴보러 갔다. 그런데 사람들은 전보다도 더 나쁘게 살고 있었다. 그들은 공동으로 일하고 있었다. (그렇게밖에 할 수 없었다.)

그러나 모두 함께하는 것이 아니라 작은 무리로 나뉘어 있었으며, 각각의 무리는 다른 무리에게서 일을 빼앗으려 안간힘을 썼다. 서로 방해하느라 일할 시간과 힘을 허비하는 바람에 그들은 너나없이 어렵게 살았다.

신은 사람들이 이렇게 살아가는 것이 옳지 않다고 여겼다. 그래서 사람들이 저마다 죽을 때를 알지 못하도록 만들어야겠다고 마음먹었다.

'사람들은 언제 멎을지 모르는 자신의 목숨에 마음을 쓰기 바빠서, 서로에게 적의를 품은 채 남은 삶을 망치는 일은 없을 것이다.'

그러나 결과는 신의 뜻과 달랐다. 또다시 사람들이 어떻게 살고 있는지를 살피러 갔을 때, 놀랍게도 그들의 삶은 조금도 나아지지 않았다.

다른 이들보다 힘이 센 이들은 사람이 언제 죽을지 모른다는 것을 구실로 약한 자들을 죽이거나, 죽인다고 위협하면서 그들을 굴복시켰다. 그리하여 강자들과 그 자손들은 할 일이 없어서 괴로운 삶을 맞게 되었다. 약자들은 약자들대로 있는 힘을 다해 일하느라 쉴 틈이 없어 괴로움에 빠졌다. 그리고 강자들과 약자들은 서로가 서로를 두려워하고 미워했다. 결국 사람들의 삶은 더 불행해졌다.

이것을 본 신은 사람들에게서 불행을 떨쳐 버리기 위해 최후의 수단을 쓰기로 했다. 사람들에게 온갖 종류의 병을 내려 보낸 것이다. 그러면서 만일 사람들이 모두 병에 걸릴 위험에 처하게 되면, 건강한 자들도 언젠가 자기네가 병에 걸렸을 때 도움을 받을 양으로 병자들을 가엾게 여기고 도와줄 거라고 생각했다.

그러나 사람들이 병에 걸리게 된 뒤 어떻게 살고 있는지 살피러 갔을 때, 그들의 삶은 이전보다 더욱더 나빠져 있었다.

신이 보기에는 사람들을 하나로 묶었어야 할 바로 그 병이 오히려 그들의 사이를 멀리 떼어 놓고 있었다. 자기 자신을 위해 다른 사람들을 억지로 일하게 만들었던 사람들은, 자신이 병에 걸렸을 때도 다른 사람들에게 자신을 돌보도록 했다. 그래 놓고서 정작 자신은 병자들에게 조금도 마음을 쓰지 않았다.

다른 사람들을 위하여 일을 하고 병자들을 돌보도록 강요당한 사람들은 노동으로 지친 나머지, 가족 가운데 병자가 생겼을 때 돌볼 겨를이 없어서 아무런 도움도 주지 못한 채 내팽개쳐 두었다.

부자들은 그런 병자들의 모습이 자신들의 쾌락을 방해하지 않도록 하기 위해 집을 따로 지었다. 거기에 갇힌 병자들은 사람들의 동정조차 받지 못한 채, 연민은커녕 혐오의 감정으로 병자들을 돌보는 피고용자들의 손에 맡겨져 괴로운 나날을 보내다 죽어 갔다.

게다가 사람들은 이러한 병의 대부분을 전염병이라 이름 붙이고는 행여나 자신들이 그 병에 옮을까 봐 전전긍긍하며 병자들을 피했다. 심지어는 병자에 관여했던 사람들까지 멀리했다.

이것을 본 신은 또다시 생각에 잠겼다.

'이러한 방법으로도 사람들이 행복이 무엇에 있는지 깨우치지 못한다면, 차라리 가만히 내버려 두어서 괴로움을 겪으며 스

스로 깨닫게 하는 수밖에 없다.'

그리하여 신은 사람들이 제멋대로 하도록 내버려 두었다. 사람들은 그들이 행복한 존재가 될 수 있고, 또 그렇게 되어야 한다는 것을 깨닫지 못한 채 오랫동안 살았다.

그러다 근래에 와서야 몇몇 사람들은 비로소 노동이 어떤 사람들에게 강제적인 고역이 되어서는 안 되며, 모든 사람을 하나로 묶는 공동의 기쁜 일이 되어야 한다는 사실을 깨닫기 시작했다.

또 인간은 누구나 죽음의 위협을 받고 있으므로 모든 인간이 해야 할 유일한 이성적인 일은 누구에게나 예정되어 있는 연, 월, 시, 분을 사랑과 일치 속에서 보내는 것이라는 점을 이해했다. 더욱이 병이 인간을 떼어 놓는 원인이 되어서는 안 되며, 서로 사랑을 나누는 이유가 되어야 한다는 사실을 깨닫기 시작했다.

노동과 사랑, 용서…
톨스토이가 부르는
민중을 위한 세레나데

강혜원 _ 서울 상암고등학교 국어 교사

다 같이 잘 사는 세상을 꿈꾸며, 톨스토이 단편선

얼굴이 까만 흑인 소년이 있었다. 어느 날, 자기 손바닥을 물끄러미 내려다보다가 한 가지 의문이 들었다.

'온몸이 새까만데 손바닥은 왜 하얗지?'

소년의 질문에 사람들은 여러 가지 답변을 늘어놓았다.

얼마 전까지만 해도 흑인들이 들짐승처럼 네 발로 땅바닥을 기어 다녔기 때문이라는 둥, 남몰래 기도를 하느라 항상 두 손을 그러쥐고 있어서 그렇다는 둥……. 그것뿐만이 아니었다. 태초에 하느님이 인간을 만들 때 호수에 가서 목욕을 하라고 일렀는데, 아침에 만들어진 흑인들은 물이 너무 차가워서 손바닥과 발바닥만 담그는 바람에 하얗게 되었다는 얘기도 전한다.

조금 더 현실적으로는 노예 생활을 할 때 하루 종일 몸을 구부린 채 새하얀 목화송이를 땄기 때문이라는 얘기도 있다. 심지어는 설거지를 너무 많이 해서 손바닥이 하얗게 변했다고 말하는 사람까지…….

사람들의 말을 듣고도 답을 찾지 못한 소년은 결국 어머니에게 다가가 똑같은 질문을 던졌다. 어머니의 대답은 여느 사람들과 사뭇 달랐다.

"하느님은 흑인이 이 세상에 꼭 있어야 했기에 만드신 거야. 그런데 백인들이 흑인들을 노예로 삼아서 함부로 부리자, 괜히 만들었다는 생각이 들어서

저마다 생김새는 달라도 똑같이 소중한 아이들.

엄청 후회하셨대. 그렇다고 흑인들을 백인으로 바꿀 수는 없었지. 음, 흑인의 손이 하얀 이유는…… 몸이 하얗든 까맣든 사람이 하는 일은 똑같다는 사실을 보여 주기 위해서야. 사람이 하는 일은 대부분 손으로 이루어지거든. 그래서 흑인의 손도 하얗게 만드신 거지. 다 똑같다는 의미에서……."

미국 폴리오 소사이어티 출판사에서 출간한 톨스토이 단편집. 톨스토이가 일생 동안 쓴 쉰다섯 편의 단편과 톨스토이의 일생에 대한 이야기가 세 권의 책에 빼곡히 담겨 있다.

톨스토이가 읽던 책. 책을 읽으며 떠오른 생각을 여백에 촘촘히 적어 놓았다.

톨스토이가 쓴 민화를 읽을 때마다 이 이야기가 떠오른다. 누구의 삶이든 의미 있고 가치 있다는 메시지를 담고 있기 때문이리라. 또한, 누구나 평등하게 노동을 해야 하며, 노동이야말로 모든 것의 바탕이 된다는 작가의 생각이 행간마다 빼곡하게 담겨 있다. 말하자면 톨스토이는 노동이 인간의 삶에서 얼마나 중요한 의미를 지니는지 매우 강조하고 있는 셈이다. 그래서일까? 그의 민화에 등장하는 인물들은 하나같이 일하는 사람들이다.

민화는 사람들 사이에서 오래도록 전해 내려오는 이야기를 가리킨다. 사람들의 입에서 입으로 전해지다 보니, 〈방귀쟁이 며느리〉나 〈호랑이와 곶감〉처럼 단순히 우스갯거리 이야기도 있고, 〈혹부리 영감〉이나 〈신데렐라〉처럼 교훈이 담뿍 담긴 이야기도 있다. 물론 《톨스토이 단편선》 속 민화를 비롯해 〈원효대사의 해골 물〉처럼 종교적인 냄새가 흠씬 묻어나는 이야기도 있다.

1828년에 태어나 1910년에 세상을 떠날 때까지, 82년이라는 생애 동안 《전쟁과 평화》 《안나 카레니나》 《부활》 등을 비롯해 헤아릴 수 없이 많은 명작을 남긴 러시아의 대문호 톨스토이. 그는

낯선 만큼 흥미로운 러시아 전통 문화

루바슈카

러시아에서 남자들이 입는 전통적인 웃옷을 말하는데, 원래는
농민의 작업복을 일컬었다. 루바슈카 위에 '캄조르'라는 조끼 모
양의 옷과 '카프탄'이라는 겉옷을 입는다. 루바슈카를 입고 갖가
지 색실로 짠 아름다운 허리띠를 매는데, 이는 부적의 역할을 하기
도 한다. 여성들이 입는 옷은 '사라판'이라고 하며, 붉은색 사라판
은 결혼 예복으로 쓰였다.

크바스

러시아의 전통 음료. 마른 호밀빵이나 보리에 이스트와 설
탕을 첨가해 발효시켜 만든다. 맥주의 일종이지만 알콜 함
량이 낮고 톡 쏘는 느낌이 없다. 감기와 고열이 발생할 때
먹는 약용으로 사용되었으며, 콜레라나 괴혈병 예방에도
효과가 뛰어나다고 알려져 있다. 전통적인 방식으로 집에
서 만드는 게 대부분이었으나 요즘에는 기업에서 대량으로
만들어 판매한다. 러시아에서는 콜라보다 인기가 많다.

페치카

러시아를 비롯한 북유럽 지역에서 사용하는 전통적인 방
식의 난로. 벽면의 일부로 만들어져, 불에 데워진 벽돌에
서 발생하는 열이 오랜 시간 동안 실내를 따뜻하게 만든
다. 열용량이 커서 추운 지역에 알맞은 난빙 형식이다.
페치카를 이용해 음식을 만들기도 하는데, 그때 생긴 연
기는 벽돌의 틈을 통해 굴뚝으로 빠지도록 되어 있다.

쉰 살 무렵부터 기독교에 깊이 젖어들었으며, 마치 그것을 증명이라도 하듯 기독교 사상의 정수를 담은 민화를 연이어 발표했다. 그렇기에 톨스토이 민화에는 그의 신앙과 인생론이 고스란히 스며들어 있다.

1873년에 그려진 톨스토이 초상화.

톨스토이의 민화는 우리에게 여러 가지 질문을 던진다. 그것을 세 가지로 크게 압축하면 이렇다. 첫째, 우리는 어떤 삶을 살아야 하는가, 둘째, 우리는 이웃과 어떻게 지내야 하는가, 셋째, 신은 어떤 존재인가……. 이 질문들은 때로는 함께, 때로는 따로 이야기 속에 녹아들어 우리의 이성과 감성 사이를 자유자재로 오가며 깊은 울림을 선사한다.

우리는 어떻게 살아야 하는가?

세상을 살아가는 삶의 태도를 집약적으로 보여 주는 작품은 뭐니 뭐니 해도 〈바보 이반〉이다. 남들의 시선에 아랑곳하지 않고 묵묵하게 자신의 일에 충실한 이반을 내세워, 세상을 살아가는 데 가장 중요하고 가치로운 것이 무엇인지를 생각해 보게 만든다. 더불어, 이반의 두 형을 통해 분수를 넘어선 탐욕이 사람을 어떻게 파멸시키는지도 극명하게 보여 준다.

부유한 농부에게 세 아들이 있다. 큰아들 세몬은 돈을 물 쓰듯 하다가 아버지의 땅 3분의 1을 가져간다. 둘째 아들 타라스도 제 몫을 챙기러 찾아온다. 셋째 아들 이반이 쉬지 않고 농사를 지어

수확한 곡식의 반에다 말까지 가져가 버린다.

다른 사람 같았으면 분통을 터뜨릴 법한데도 열심히 일만 하는 이반은 형들이 턱없이 부리는 욕심에 기꺼이 동의해 준다. 이를 본 큰 도깨비는 이반의 선한 태도가 못마땅해, 형제간의 갈등을 부추기기로 작정한다. 그래서 자기 밑의 세 작은 도깨비에게 싸움을 붙이라고 명령을 내린다.

첫째 작은 도깨비는 세몬에게 만용을, 둘째 작은 도깨비는 타라스에게 탐욕을 주어 손쉽게 파멸로 이끈다. 셋째 작은 도깨비는 이반을 배탈 나게 만들어서 농사를 망치려는 작전을 세운다. 하지만 복통을 앓으면서도 꾹 참은 채 꿋꿋이 일을 하는 이반을 망치기는커녕 보습에 그만 손을 베이고 만다.

세 작은 도깨비는 힘을 모아서 이반을 망치려 들지만, 우직하게 일만 하는 이반에게 도리어 계속 당하기만 한다. 나중에는 이반에게 정체를 들키는 바람에 무슨 병이든 고칠 수 있는 뿌리를 비롯해서, 호밀단으로 군사를 만드는 비법과 나뭇잎으로 금화를 만드는 비법을 가르쳐 주는 지경에 이른다.

러시아의 유명한 화가 일리야 레핀(1844~1930)이 그린 〈숲에서 쉬고 있는 톨스토이〉와 독서 중인 모습을 스케치한 그림(옆). 일리야 레핀과 톨스토이가 1908년에 함께 찍은 사진(위). 그는 톨스토이의 모습을 화폭에 즐겨 담았는데, 실제로도 매우 절친한 사이였다.

삶과 사랑과 죽음의 대서사시, 《전쟁과 평화》

육백 명에 달하는 등장인물, 그 인물들이 십오 년 동안 펼치는 격동의 파노라마, 십여 년의 구상과 오
년 동안의 집필. 수없이 많은 영화와 드라마로 만들어지고, 또 오페라로 작곡되었던 작품! 로맹 롤랑은
"《전쟁과 평화》는 시작도 끝도 없는 인생, 끝없는 움직임을 내포한 인생 그 자체다."라고 극찬했으며,
버지니아 울프는 "톨스토이는 가장 위대한 작가이다. 《전쟁과 평화》를 쓴 작가를 달리 어떻게 표현하겠
는가?"라고 말했다.

이처럼 세계적인 작가들이 극찬을 아끼지 않았던 러시아 문학의 최고봉 《전쟁과 평화》는 톨스토이의
대표작이자 호메로스의 《일리아드》에 비견되는 세계 문학사의 고전 중 고전이다. 작품의 구성은 4편으
로 나눠져 있으며, 두 개의 에필로그로 마무리되어 있다. 시대적 배경은 1805년부터 1820년까지의 러시
아 사회다. 당시 유럽은 혁명 정신을 표방한 프랑스의 군대와 크고 작은 전쟁을 벌였으며, 프랑스군
의 혁명 정신은 점차 나폴레옹의 야망으로 변질되어 가고 있었다. 이 같은 시대 배경 속에서 사람들은
치열하게 살아가며 사랑하고, 싸우고, 죽어 간다.

이 소설에는 세 집안의 사람들이 중심 인물로 등장한다. 안드레이를 중심으로 한 볼콘스키 공작 가족,
피에르 베즈호프의 가족, 나타샤와 니콜라이의 로스토프의 가족들이 그들이다. 이들은 남녀 관계를 통
해 이어지고 있다.

안드레이는 나타샤와 사랑했으나 전쟁터에서 부상당한 뒤 죽고, 피에르는 부인 엘렌이 죽은 뒤 나타샤
를 사랑하게 되어 나타샤와 결혼하게 된다. 나타샤는 안드레이가 군대에 있는 동안, 피에르의 부인 엘
렌의 오빠 아나톨리와 어리석은
사랑에 빠진다. 니콜라이는 안드
레이의 여동생 마리아를 만나면
서 사랑을 느끼고 나중에 그녀와
결혼한다.

이들의 사랑 뒤에는 격동의 역사
를 살아가는 이름 없는 사람들과
그들이 이끌어 가는 인간의 역
사가 있다. 톨스토이는 영웅적인
야망과 이기심을 비판함과 동시
에, 평범한 민중들이 이끌어 가
는 삶의 위대함을 강조한다.

1955년에 제작된 영화 〈전쟁과 평화〉 포스터(왼쪽). 우리나라에는 이듬해에 상영
되었으며, 오드리 햅번이 나타샤 역을 맡았다.

여기서 〈바보 이반〉이 말하고자 하는 바는 무엇일까? 세묜과 타라스, 그리고 도깨비의 몰락을 통해서 우리는 작가가 추구하는 바람직한 삶의 태도를 읽어 낼 수 있다. 가장 중요한 것은 '하루하루의 성실한 노동'이다. 이반이 도깨비를 이긴 힘 역시 노동이다. 노동으로 살아가는 사람들에겐 관리도 필요 없고 형벌도 필요가 없다. 돈도 필요 없다.

그래서일까? 이반의 나라 백성들은 한목소리로 이렇게 외친다.

"아뇨, 그런 건 필요 없습니다. 여기선 물건을 사면서 돈을 낼 필요도 없고 나라에 세금을 바칠 일도 없으니까요. 그러니까 그까짓 돈은 가져 봐야 쓸 데가 없어요."

탐욕 없는 삶과 무저항의 삶

탐욕에서 벗어나 노동을 하며 살아가는 삶의 행복함은 〈일리야스〉에도 잘 드러나 있다. 애초에 가진 게 별로 없던 일리야스는 아침부터 저녁까지 열심히 일해서 재산을 늘려 간다. 워낙에 인심이 좋아 무시로 찾아오는 사람들을 친절히 맞이하고 대접한다. 그런데 살림살이가 윤택해지자 가족들의 태도가 서서히 달라진다. 일단 자식들이 일하는 것을 게을리 하기 시작한다. 그러다 큰아들은 세상을 떠나고, 작은아들은 재산을 챙겨서 분가한다.

그 후 마을에 전염병이 돌고 흉년이 들면서 일리야스는 빈털터리가 된다. 그리하여 어쩔 수 없이 아내와 이웃집에 기거하며 머슴살이를 한다. 어느 날, 주인집에 손님이 찾아와 그에게 묻는다. 지금의 삶이 불행하지 않느냐고…….

아름다운 배우들이 거쳐 간 《안나 카레니나》

《안나 카레니나》는 1873년에서 1877년 사이에 집필한 작품이다. 안나 카레니나와 브론스키 백작의 부적절한 사랑이 한 축으로, 또 레빈과 키티의 건강하고 순수한 사랑이 한 축으로 교차된다. 이 작품은 여러 차례 영화로 만들어졌는데, 주로 당대에 큰 사랑을 받았던 여배우들이 배역을 맡았다. 대표적인 여배우로는 1935년의 그레타 가르보, 1948년의 비비안 리, 1997년의 소피 마르소, 2012년의 키이라 나이틀리가 있다.

그레타 가르보는 미국의 무성 영화와 유성 영화에 걸쳐 높은 인기를 얻은 배우이다. 백화점 점원으로 일하다 영화배우가 된 그녀는 늙어 가는 모습을 사람들에게 보이기 싫어서 은퇴 후 숨어 살다시피 했다. 비비안 리는 〈바람과 함께 사라지다〉에서 스칼렛 역을 맡았는데, 제작자 데이비드 셀즈닉이 이년 반 동안 오만 달러를 쏟아부으며 완벽한 여배우를 찾다가 발견했다는 뒷이야기가 전해진다.

1997년에 제작된 영화 〈안나 카레니나〉. 소피 마르소가 안나 카레니나 역을 맡았다.

소피 마르소는 십대 드라마 〈라 붐〉의 오디션에 합격하면서 주연을 맡아 젊은이들의 우상으로 떠올랐다. 청순하면서도 관능적인 매력을 지녔다고 평가되는 소피 마르소 주연의 〈안나 카레니나〉는 배경 음악으로 러시아 작곡가 차이코프스키의 〈비창 교향곡〉이 흐른다. 가장 최근에는 키이라 나이틀리가 안나 카레니나 역을 맡았다. 그녀는 〈오만과 편견〉, 〈캐러비언의 해적〉, 〈비긴 어게인〉 등에서 주연을 맡으며 할리우드의 대표적인 여배우로 자리 잡았다.

자, 이제 작품 속으로 들어가 볼까? 주인공 안나 카레니나는 어린 나이에 나이 많은 백작과 결혼하여 아들까지 두고 있다. 그의 부부 생활은 사랑보다는 의무에 가까웠는데……. 어느 날 오빠 집에서 브론스키 백작을 만나면서 뜨거운 사랑과 열정에 사로잡힌다. 두 사람은 사랑의 도피 행각을 벌이기도 하고, 이혼을 거부하는 남편의 묵인하에 사랑을 나누고 아이까지 낳는다. 그러다 브론스키는 안나와의 관계가 지속되면 자신의 성공에 방해가 될 것이라 여겨 거리를 두게 되고, 질투와 불안에 빠진 안나는 기차에 몸을 던져 죽는다. 반면에 청렴한 지주 레빈과 키티는 열정과 욕망보다는 정직함과 책임감을 바탕으로 순수한 사랑을 이어 간다. 톨스토이는 안나와 브론스키의 사랑보다는 이 둘의 사랑을 훨씬 더 바람직하고 신의 뜻에 합당한 것으로 그리고 있다.

얼핏 막장 드라마처럼 보이는 이 작품이 왜 세계적인 문학의 반열에 올랐을까? 그것은 안나의 사랑 이야기를 통해 인간의 욕망과 위선을 섬세하게 파헤치면서 인생을 통찰하게 하기 때문이 아닐까?

톨스토이 박물관의 전경과 톨스토이 도서관 정문에 걸려 있는 현판. 두 곳 모두 톨스토이의 고향인 야스나야 폴랴나에 있다.

그런데 일리야스와 부인의 대답은 손님의 기대와 전혀 딴판이어서 모두를 놀라게 만든다. 이제야 비로소 행복을 찾았다는 것! 말하자면 살림이 넉넉했을 때는 지킬 게 많아서 진정한 행복을 느끼지 못했다는 얘기다. 지금은 열심히 일을 하며 세 끼를 꼬박 꼬박 먹을뿐더러 부부가 조곤조곤 이야기를 나눌 시간까지 생겨서 한층 여유롭다나.

작가의 이런 생각은 〈달걀만 한 씨앗〉에도 고스란히 담겨 있다. 달걀인지 씨앗인지 모를 물건을 아이들이 발견한다. 왕은 농부를 불러 그것의 정체를 묻는다. 아들과 아버지는 명확한 답변을 하지 못한 채 할아버지에게 물어보라고 한다.

"소인이 농사를 지을 적에는 곡식을 사고파는, 그런 죄악을 궁리해 내는 사람이 한 명도 없었사옵니다. 그래서 돈이라는 것을 몰랐습지요. 곡식은 누구에게나 얼마든지 있었으니까요. 소인은 이런 곡식을 직접 심기도 하고 거두어들이기도 하고 타작을 하기도 했사옵니다."

할아버지는 이 씨앗이 사라진 까닭과 손자가 자기보다 더 늙은 이유를 설명한다. 후대로 갈수록 노동으로 살아가지 않고 남의 물건을 탐냈기 때문이라는 것.

〈노동과 죽음과 병〉에서도 인간이 삶에 대해 기뻐하지 않고 자기 자신만 걱정하기에 바쁜 나머지, 싸움을 일삼을뿐더러 다른 사람의 삶을 구속하고 지배하려 들기에 불행해지는 거라고 말한다. 노동이 인간을 하나로 묶는 기쁜 일이 되어야 하며, 인간의 질병은 사랑을 나누는 이유로 작용해야 한다는 것이다.

용서와 화해로 어우러지는 삶

이제 우리는 톨스토이가 던진 또 하나의 질문, 이웃과 어떻게 지내야 하는가에 대해 생각해 볼 차례이다. 〈불은 놓아두면 걷잡을 수가 없다〉는 그에 관한 해답을 명쾌하게 보여 준다.

이반과 가브릴로는 이웃에 살고 있다. 이반의 닭이 가브릴로네 집에 가서 알을 낳는 사건이 발단이 되어 두 집안은 사사건건 싸움을 벌인다. 욕설과 고함을 넘어 사람을 밀치고 옷을 찢는 등 몸싸움으로까지 번진다. 너도나도 질세라 연이어 소송을 벌이는 탓에 재판관들도 넌더리를 낼 지경이다.

그러다 가브릴로가 이반의 며느리를 때린 일로 곤장 스무 대를 맞는 형벌을 받게 된다. 일이 이쯤 되자 병중에 있던 이반의 아버지가 아들을 불러 타이른다. 법정에서 본 가브릴로의 표정이 내내 마음에 걸리던 이반 역시 마음이 설핏 움직이는 듯한다.

반면에, 가브릴로는 분노가 차오를 대로 차오른 나머지 이반의 집에다 불을 지른다. 그 불이 번지고 번져서 마을의 절반을 태

짧은 이야기 속 깊은 지혜, 민화

까마득한 옛날부터 오늘날까지 민간에 전해 오는 옛날이야기를 민화라고 한다. 민화는 그 나라의 삶의 근원을 담고 있다. 설화나 전설 등도 비슷한 말로 쓰이지만, 민화는 그보다 더 서민들의 현실을 생생히 담고 있다. 따라서 민화를 통해 당대 사람들의 생활 양식과 지혜를 엿볼 수 있다. 뿐만 아니라, 신비한 힘을 지닌 존재가 등장해 교훈을 전달하기도 한다.

민화는 각 나라마다 존재하는데 세계적으로 가장 유명한 민화는 바로 러시아 민화이다. 19세기 러시아의 민속학자 알렉산드르 니콜라예비치 아파나세프(1826~1871)는 독일 '그림 형제'를 귀감으로 삼아 러시아 민화 채집에 일생을 헌신하여, 1864년에 대표적인 러시아 민화집 여덟 권을 완간했다. 이 민화집은 오늘날까지 세계 여러 나라 말로 옮겨져 많은 사랑을 받고 있으며, 민화를 분류하는 기준으로 쓰이기도 한다.

우리가 잘 아는 《그림 동화》는 독일에 전해 오는 민간 설화를 그림 형제가 수집하여 편집한 민화집이다. 그림 형제는 민족적·민중적인 것을 강하게 지향하는 낭만주의의 흐름 속에서 민족의 문화 유산을 보존한다는 목적으로 민간에 구전되어 오던 옛날이야기를 채집하였다. 《그림 동화》는 이후 여러 나라의 민화 수집 운동에도 큰 영향을 주었다.

이 밖에도 남미 민화집, 아프리카 민화집, 페르시아 민화집 등이 유명하다. 우리나라 역시 각 지역별, 시대별로 다양한 민화가 존재한다. 흔히 '전래 동화'라는 명칭으로 잘 알려져 있으며, 주로 권선징악, 효자·효녀, 승려 등에 대한 내용이 대부분이다.

러시아 민화 속의 한 장면.　　　　그림 형제.　　　　그림 형제가 펴낸 민화집 《그림 동화》.

우고 만다. 이반의 아버지는 가브릴로의 죄를 덮어 주라는 말을 남기고 숨을 거둔다. 이반은 아버지의 뜻에 따라 가브릴로를 고소하지 않는다. 그 일로 두 집안은 싸움을 그치고 다시 평화로운 삶을 맞이한다.

이 작품은 불화가 불화를 낳는 것을 넘어, 더 큰 보복과 불행으로 이어진다는 사실을 두 집안의 반목을 통해 여실히 드러내 보이고 있다.

용서와 화해! 그것은 참 쉽지 않은 일이다. 기독교의 성경에는 누군가 나의 뺨을 때리면 다른 쪽 뺨을 내밀고, 겉옷을 빼앗거든 속옷마저 내어 주라는 가르침이 있다. 그러나 자신 앞에 닥친 불행이나 분노 앞에서 어느 누가 선뜻 그렇게 행동할 수 있을까?

하지만 지금도 세계 곳곳에서 전쟁과 분쟁이 시시때때로 일어나고 있는 것을 보면 단박에 외면해 버리기도 어려운 화두이다. 평화로운 세상을 만들기 위해서는 공존과 화해의 지혜가 꼭 필요하기 때문이다. 실제로 작은 다툼이 큰 전쟁으로 번진 사례가 있다. 이른바 '축구 전쟁'으로 불리는 엘살바도르와 온두라스의 전쟁이다.

1970년에 멕시코 월드컵 본선 진출권을 놓고 중앙아메리카 나라들 사이에 예선전이 있었다. 1969년 6월의 1차 예선전에서는 온두라스가 엘살바도르를 이겼다. 엘살바도르에서 벌어진 2차전에서는 엘살바도르가 이겼다. 결국 무승부가 된 셈이다. 그러자 두 나라 관중들 사이에서 싸움이 일어났는데, 결과적으로 온두라스 응원단이 두들겨 맞고 쫓겨나는 일이 벌어졌다.

온두라스 국민들은 이에 대한 보복으로 자기 나라에 살고 있던 엘살바도르 사람들을 죽이거나 국경 밖으로 쫓아냈다. 온두라스 정부도 가세하여 이민 정책을 폐지한 뒤, 엘살바도르 사람

온두라스와 엘살바도르 사이에 벌어졌던, 일명 '축구 전쟁'에 관한 신문 기사에 실린 사진들.

들에게 추방령을 내리고 국경을 봉쇄했다.

엘살바도르도 가만있지 않았다. 1969년에 선전포고를 하고는 온두라스의 수도 테구시갈파를 무력으로 점령해 버렸다. 비록 전쟁은 닷새 만에 엘살바도르의 승리로 끝이 났지만, 그동안에 수천 명이 사망하고 엄청난 재산 피해를 입었다.

온두라스는 당장 엘살바도르의 상품 수입을 금지하고, 농지를 소유하지 않은 엘살바도르 사람들의 이민을 거부했다. EU를 모델로 중앙아메리카의 경제 공동체를 꿈꾸며 출범했던 '중미 공동 시장(CACM)'도 더불어 힘을 잃었다. 그 후 축구 경기는 어떻게 되었을까? 경기는 계속 진행되었으며, 멕시코에서 열린 3차전에서 엘살바도르가 승리를 거두었다.

이는 마치 이반과 가브릴로가 벌인 싸움의 국가 버전을 보는 듯하다. 개인과 개인은 싸움으로 그치지만, 국가와 국가 사이의 분쟁은 전쟁으로까지 이어질 수 있기에 더욱더 신중하게 처신하지 않으면 안 된다.

그렇다면 이 같은 반목의 해결책은 무엇일까? 톨스토이는 〈아이가 어른보다 지혜롭다〉를 통해 그 방법을 보여 주고 있다. 아이들의 작은 다툼을 보고 어른들은 큰 싸움을 벌인다. 그러나 아이들은 금방 그 일을 잊고 오손도손 사이좋게 지낸다. 전쟁과 테러의 위기 속에 사는 현대인들에게 현명한 판단의 실마리를 던져 주는 이야기가 아닐까 싶다.

토론 교실 1.
악행의 심판을 꼭 신에게 맡겨야 할까?

톨스토이의 민화를 읽다 보면 폭력과 억압에 대해서는 저항하지 말라는 가르침이 곳곳에 있다. 〈바보 이반〉에서 이반의 나라 백성들도 이웃 나라 군대의 살육과 약탈에 그저 슬퍼하기만 할 뿐 맞서서 싸우지는 않는다.

〈촛불〉에서 농노들을 착취할뿐더러 가혹한 벌까지 내리며 횡포를 부리는 마름에게 페트루쉬카 미혜예프는 대놓고 저항하지 않는다. 그저 묵묵히 자기 일에 충실할 뿐이다. 악행에 대한 징벌은 인간이 아니라 신이 담당할 영역이라고 하면서.

이는 곧 톨스토이의 생각이기도 하다. 그렇다면 악행을 보고도 두 눈 감고 가만히 있어야 하는 걸까? 신이 알아서 심판할 거라고 믿으며 자신에게 주어진 일에만 열중하는 게 과연 옳은 일일까?

악행이 있을 때 그 해결을 신의 뜻이나 섭리에 맡기고 저항하지 않는 것이 무조건 옳다고만은 할 수 없을 것이다. 2016년과 2017년에 걸쳐서 진행된 촛불 집회에서 그랬듯이, 누가 봐도 부당한 일에는 다 같이 마음을 모아 주장을 펴는 것이 현명한 선택일 수도 있다. 이런 일은 어느 한쪽이 옳다고 단정짓기 어려우므

러시아 정교회에서 톨스토이를 파문시킨 《부활》

한 여인이 재판정으로 걸어간다. 부유한 상인을 독살하고 금품을 훔친 혐의다. 그녀의 이름은 카추샤. 그리고 그녀를 지켜보는 배심원 중 한 명인 네플류도프. 그는 카추샤가 열여덟 살 때 그녀의 순결을 유린하고 아이를 낳게 한 귀족이다. 그 아이는 곧 죽었고, 카추샤는 윤락의 길로 들어선다. 카추샤가 살인을 하지 않았지만, 시베리아 유형을 선고받는다. 네플류도프는 자신의 죄를 뉘우치고 새로운 인간으로 바뀌어 간다. 결혼 상대였던 여성과 헤어지고 농민들에게 토지를 나눠 준다. 그리고 카추샤에게 청혼을 한다.

처음에 카추샤는 그를 거부하지만 점차 마음을 열고 영혼의 미덕을 추구한다. 그리고 시베리아에 유형된 사회 개혁자인 시몬슨과 결혼하기로 마음먹는다. 카추샤에게 황제의 특사가 내려지지만, 카추샤는 시몬슨과 유형 생활을 계속하겠다고 고집한다. 한편, 네플류도프는 많은 사람에게 봉사하는 삶을 살아야겠다고 다짐하며 새로운 생활을 시작한다.

톨스토이의 마지막 소설 《부활》이 연재되었던 러시아의 주간지 《니바》(1891).

톨스토이는 일흔한 살에 발표한 이 작품으로 러시아 정교회에서 파문당한다. 종교적 관행에 대한 비판과 법률의 허점에 대한 비판 등이 이유이다. 이 작품에는 톨스토이의 사상이 고스란히 녹아들어 있다. 그 자신도 네플류도프처럼 사유 재산을 부정하여 부인과 충돌을 빚었으며, 변질된 기독교를 비판하고 원시 기독교의 정신으로 돌아갈 것을 주장했다.

톨스토이의 소설 《부활》을 원작으로 한 영화 〈카추샤〉 포스터(1960)와 주제곡을 담은 음반. 여주인공의 이름을 따서 제목을 지었고, 당대 최고의 배우였던 최무룡과 김지미가 주연을 맡았다.

로 서로의 생각을 나눠 보는 것도 좋을 듯하다. 물론, 결론은 여러분 각자의 마음속에 있다.

지윤 : 나는 톨스토이의 생각에 찬성이야. 누군가 잘못을 저질렀을 때, 굳이 사람이 판단해서 벌을 내릴 필요는 없으니까. 그런 식으로 하다 보면 더 큰 악행을 낳을 수도 있어. 같은 시대에 살았던 도스토예프스키의 《죄와 벌》이라는 작품을 봐. 그 작품 속에서 주인공은 돈만 아는 전당포 노파를 살해했잖아. 악마 같은 인간은 엄단해야 한다고 하면서. 그런데 그 과정에서 또 다른 살인을 저지르게 되지. 결국은 인간에게 그러한 판단과 응징의 권리는 없다는 자각에 이르게 되고…….

동준 : 지금은 엄연히 법과 제도가 있는 시대야. 그것을 통해서 잘못을 저지르는 인간을 엄벌하는 게 뭐가 나빠? 신의 응징을 기다린다는 것은 우연이나 기적을 바라는 것에 불과해. 우리 주변에는 나쁜 일을 저지르는 사람들이 생각보다 많아. 모두 그대로 내버려 둔다면, 사회가 무질서해질뿐더러 악인만 더 늘어나게 할 거야. 히틀러 같은 사람을 떠올려봐. 그가 수많은 유대인을 학살하고 있을 때, 무조건 신의 응징만 기다리고 있으면 어떻게 되었겠어? 나는 인간이 어느 정도는 개입해야 한다고 생각해.

지윤 : 제도를 통한 응징이 아니라, 제도를 통한 교화라면 어느 정도 수긍할 수 있어. 그러나 사형 제도처럼 목숨을 앗는 처벌을 내린다든가, 어떤 사람을 성급하게 악인이라고 판단하여 위해를 가하는 건 반대야.

동준 : 나는 무신론자야. 하지만 만약 신이 존재한다면, 인간을 통해서 신의 뜻이 구현되리라고 생각해. 구두장이 아브데이치를 통해서 신의 사랑이 실천된 것처럼, 징벌도 인간을 통해서 이루어

질 수 있지 않을까? 그리고 톨스토이가 살았던 시대와 지금, 그러니까 민화 속 세계와 현실은 많이 다르잖아.

토론 교실 2.
가난한 자들에게는 무조건 베풀어야 할까?

톨스토이의 민화에서 가장 중요시 여기는 것 중 하나가 바로 이웃 사랑을 실천하는 일이다. 이른바, 무한히 따스한 마음으로 이웃을 대하는 것. 연민을 갖고 이웃을 대하며 굶주린 이에게는 먹을 것을, 헐벗은 이에게는 옷을 나눠 준다. 구두장이 아브데이치도 그랬고, 이반 나라의 백성들도 그랬다.

이런 직접적인 선행이 이 세상의 가난을 없애는 데 얼마나 효과적일까? 만일 길거리에 오랫동안 굶주린 채 추위에 떨고 있는 거지가 있다고 하자. 이들에게 직접적인 도움을 주는 것이 과연 올바른 행위일까? 돈이 없어 구걸을 하는 사람에게 얼마간의 도움을 주면 모든 것이 해결될까? 여기에도 다양한 의견이 있을 수 있을 테니, 서로의 생각을 펼쳐 보도록 하자.

민유 : 사람은 누구나 소중한 인권을 갖고 태어났어. 그런데 한 사람의 목숨이나 굶주림조차 해결해 주지 못한다면 큰 정책을 펴고 제도를 개선하는 게 무슨 의미가 있겠어? 당장 어려움에 처한 사람들에게는 금전적으로 직접 도움을 주는 것이 가장 효과적이라고 생각해.

기찬 : 내가 가진 푼돈으로 다른 사람의 인생을 책임질 수 있을까? 한 끼의 배고픔은 해결할 수 있겠지만 내일은 또 어떻게 해야

러시아의 농노 해방

톨스토이는 〈촛불〉을 시작할 때, 이 이야기는 '농노 해방' 이전의 일이라고 시대 배경을 밝히고 있다. 농노란 주인에게 예속된 노예에 비하면 자립적이지만, 일반적인 농민과 비교하면 독립성이 낮고 자유롭지 못한 신분이다. 자기가 속한 영주나 지주에게 예속된 채 노역을 하고 세금을 바쳐야 하니까.

러시아에서 농노 해방은 1861년에 알렉산드르 2세가 공포한 농노 해방령에 의해 이루어졌다. 알렉산드르 2세는 농노의 예속된 상태나 과도한 노동과 빈곤에 문제의식을 느껴서라기보다는, 농노제가 자본주의의 발전을 제약한다고 생각해 농노제 폐지를 주장했다. 농노제는 농업 기술의 개선 없이 비능률적으로 지속되어 생산성이 매우 낮았고, 귀족들은 땅이나 농노를 저당잡혀서 이전의 생활을 유지하려고만 했다.

자본주의를 발판으로 공업이 발달하면서 공장주들은 일손이 필요했지만, 농노들은 공장에서 일하다가도 농번기에는 농촌으로 되돌아가야 했다. 그 때문에 공장주들은 농노 해방의 필요성을 강력히 주장했다. 농노 해방을 요구하는 농민 폭동이 계속 늘어나는 데다, 진보적인 지식인들 사이에서도 농노제 폐지에 대한 목소리가 높아 갔다.

러시아는 1853~1856년에 오스만투르크·영국·프랑스·프로이센·사르데냐 연합군과 벌인 크림 전쟁에서 패배했다. 자본주의 체제 아래 있던 서유럽이 그만큼 앞서고 있다는 걸 여실히 보여 준 전쟁이었다.

이런 과정을 거친 끝에, 비로소 1861년에 농노 해방령이 내려졌다. 그것으로 농노에게 자유가 주어지긴 했으나 토지 분배의 문제는 여전히 숙제로 남아 있었다. 또한, 농민의 빈곤 문제도 해결하지 못했다. 그나마 자유를 얻은 농노들이 공장 노동자로 유입되면서 러시아의 자본주의 발전을 이루었을 뿐 아니라 러시아 혁명의 자양분이 되었다.

농노 해방의 기폭제가 된 크림 전쟁. 러시아 화가 프란츠 루보가 전쟁 당시의 상황을 캔버스에 생생하게 담아냈다. 영국 간호사 나이팅게일이 이 전쟁에 간호병으로 참전해 영웅적인 활약을 펼치기도 했다.

아브데이치가 감동받은 복음서는?

〈사랑이 있는 곳에 신도 있다〉에 나오는 아브데이치는 아내와 아들을 잃고 절망 속에서 살다가 4복음서를 읽으며 신앙심을 회복한다. 4복음서는 신약 성서 속의 〈마태오의 복음서〉 〈마르코의 복음서〉 〈루가의 복음서〉 〈요한의 복음서〉로, 예수 그리스도의 말과 행적을 기록하고 있다.

앞의 세 복음서는 내용 면에서 일치하는 점이 많아서 공관 복음서라고도 불린다. 〈요한의 복음서〉는 무엇보다 예수의 신성(神性)을 두드러지게 강조한다. 다른 복음서들이 예수의 탄생이나 세례부터 시작하는 데 비해, 이 복음서는 "태초에 말씀(Logos)이 있었다."는 말로 시작하여, 예수를 신의 말씀으로 이해하고, 길이자 진리이자 생명인 예수를 통해서만이 신에게 갈 수 있다고 전한다.

덴마크 화가 칼 하인리히 블로흐가 1877년에 그린 예수의 산상 설교 장면.

아브데이치는 예수가 산 위에서 설교한 '산상 수훈'의 한 부분인 〈마르코의 복음서〉 6장을 읽으며, 이웃에게 아낌없이 베풀라는 내용에 깊은 감동을 받는다. 이 같은 사랑과 나눔의 메시지는 복음서 곳곳에서 반복적으로 전해지고 있다.

하지? 그리고 혹시라도 그 이야기를 듣고 다른 거지들이 나에게 구걸하러 온다고 생각해 봐. 내 능력으로 감당할 수 있을까? 당장 돈 몇 푼을 쥐여 주거나 밥 한 끼를 해결해 주는 것은 값싼 동정일 뿐이야. 좀 더 큰 시각에서 바라봐야 한다고 생각해. 빈부 격차를 양산하는 제도를 고치고, 일자리를 만들어서 가난한 사람이 스스로 삶을 헤쳐 나갈 수 있도록 도와줘야 해. 정책과 제도를 통해서 경제적인 구조를 조금씩 바꿔 나가야 한다는 거지. 어차피 이 세상의 굶주림을 한꺼번에 해결할 수는 없잖아.

민유 : 이 이야기 속에서 아브데이치가 추위에 떠는 아주머니에게 옷을 건네주지 않았다면 어떻게 되었겠어? 아마도 아기는 얼어 죽고 말았을걸. 지금 아프리카에서 굶어죽는 아이들도 마찬가지야. 당장 코앞의 하루하루가 다 위기 상황이라고. 그들의 가난은 정부의 무능 때문일 수도 있고, 전쟁 탓일 수도 있어. 음, 기후 같은 재앙이 작용했을 수도 있겠지. 구조적인 문제를 해결하기 위해 정치 제도를 바꾸고, 평화 협정을 맺고, 재난에 대비하는 설비를 갖추는 동안 아이들은 날마다 비참하게 죽어 갈 거야. 우리가 한 달에 이삼만 원씩 후원금을 내면 굶주리는 아이 한 명의 목숨을 구할 수 있다는 긴급 구호 단체의 광고도 있잖아.

기찬 : 기아 난민의 구호도 제도적으로 뒷받침이 되어 있을 때 제대로 이루어지는 거야. 톨스토이도 토지를 농민에게 나눠 주라며 개혁의 목소리를 높였잖아. 한낱 개인의 도움으로는 근본적인 문제를 해결할 수 없다고 생각한 거지.

사랑이 있는 곳에 신도 있다?

누구나 알고 있듯이, 용서와 화해의 바탕에는 사랑이 깔려 있어야 한다. 신은 어떤 존재인가, 라는 세 번째 물음에 대한 대답도 여기에 숨어 있다. 〈사랑이 있는 곳에 신도 있다〉는 '신은 곧 사랑이며, 사랑을 베풀어야 할 대상 역시 신'이라고 강변한다.

아브데이치라는 구두장이의 아내는 세 살짜리 아들을 남겨둔 채 숨을 거둔다. 그 아이마저 조금 더 자란 뒤에 병으로 세상을 떠나고 만다. 실의에 빠진 아브데이치는 신을 몹시 원망했으나, 성서를 읽으면서 신앙심을 회복한다.

그러던 어느 날, 자신을 찾아오겠다는 신의 목소리를 꿈에서 듣는다. 신을 기다리느라 연신 한길을 내다보던 아브데이치는 추위에 떨거나 배고픈 이들을 집 안으로 불러들여 따뜻한 차를 대접하고 옷을 입혀 보낸다. 그리고 다시 묵묵히 앉아 일을 하다가, 조금 전에 다녀간 굶주리고 헐벗은 사람들이 바로 자신이었다고 말하는 신의 목소리를 듣는다.

먹을 것이 남아돌 만큼 풍족하다는 요즘도 굶주리는 사람들이 세계 곳곳에 퍼져 있다. FAO(유엔 식량 농업 기구)의 2015년 보고서에 따르면, 기아로 고통받는 인구가 7억 9천만 명에 달한다고 한다. 이전에 비해 줄어든 숫자지만, 세계 인구의 9분의 1이 지금도 먹을 것이 없어서 굶주리고 있는 셈이다. 말하자면 열 명 중 한 명은 굶주림 속에서 살아가고 있는 것이다.

그 편차는 지역별로 더 심하다. 놀랍게도 아프리카와 아시아 일부 지역에서는 굶주리는 사람이 오히려 더 늘어 가고 있다. 정치의 부패, 자연재해, 전쟁 등 굶주림의 원인은 다양하다. 그러나 1984년에 이미 세계의 식량 생산량은 전 세계 인구의 2배를 먹여 살릴 수 있을 만큼 넉넉해졌다고 한다.

한쪽에는 썩어 나가는 음식과 건강을 해칠 만큼 비만이 있고, 또 한쪽에서는 먹을 것이 없어서 생명을 위협하는 굶주림에 시달리고 있는 것이다.

신의 뜻이라는 미명 아래, 자기들의 교세를 넓히고 종교 전쟁마저 꺼리지 않았던 인간의 역사를 생각해 보면 신의 존재에 대해서는 여러 이견이 있을 수 있다. 그렇다고 해도 어떻게 사는 것이 신의 뜻인지에 대해서는 한 번쯤 생각해 볼 만하다.

동시대를 빛낸 문학계의 두 거성

톨스토이와 우위를 가리기 힘들 만큼 문학적으로 뛰어난 러시아 작가 도스토옙스키. 두 사람은 19세기 러시아 문학을 대표하는 작가들이며, 살았던 시기도 비슷해 종종 비교 대상이 되곤 한다. 도스토옙스키가 빚을 갚기 위해 《죄와 벌》을 펴냈던 1866년, 톨스토이는 《전쟁과 평화》 둘째 권을 탈고했다. 도스토옙스키가 사망한 1881년 무렵에는 톨스토이는 정신적 혼란을 이겨내기 위해 기독교 사상에 심취하기 시작했다.

도스토옙스키의 초상화.

《죄와 벌》, 《부활》 등 두 작가의 대표작은 인간의 죄와 구원이라는 문제를 깊이 있게 파헤치고 있다는 점에서 문학사적으로 동일한 의미를 지닌다. 《죄와 벌》의 주인공 라스콜리니코프가 도스토옙스키의 분신이라 할 수 있는 것처럼, 《부활》의 주인공 네플류도프는 톨스토이의 분신과도 같다. 《죄와 벌》에서는 라스콜리니코프가 죄를 짓고 소냐는 시베리아까지 따라가 그를 도우며 새로운 삶의 길로 이끈다. 《부활》에서는 카튜샤가 죄를 짓고 네플류도프가 카튜샤를 따라 시베리아까지 가서 그녀의 감형을 돕는다.

그렇다면 두 작가의 차이는 무엇일까? 도스토옙스키의 작품은 인간의 내면 묘사에 뛰어나다. 등장인물들은 모순과 혼돈에 가득 차 있어 고뇌하고 갈등한다.

반면에 톨스토이는 인간의 본질을 신과 같이 아름다우며, 결국 인간은 신의 사랑으로 살아가는 존재로 보았다. 또한 톨스토이의 작품은 서술이나 독백으로 이루어지지만, 도스토옙스키는 인물 간의 대화를 통해 주제를 전달한다.

같은 시대 한 나라에 살았지만 둘은 한 번도 만난 적이 없었다. 그렇지만 두 작가는 서로의 작품에 대해 깊은 존경을 보이며 높은 평가를 내렸다. 도스토옙스키는 톨스토이의 《안나 카레니나》

《죄와 벌》의 러시아 판본.

를 읽고 흥분하여 거리를 뛰어다니며 "톨스토이는 예술의 신이다."라고 외쳤다고 하며, 톨스토이 역시 도스토옙스키 작품에 대해 "인간 내면을 날카롭게 성찰했다."고 극찬했다.

톨스토이는 아이들의 순수함을 사랑했다. 아이들이 없는 세상을 상상하는 건 끔찍하다고 말할 정도였다. 러시아 아이들과 톨스토이의 모습을 담은 그림.

톨스토이 사상을 실천하고자 세워진 톨스토이 학교. 러시아 내에는 백여 개가 넘는 톨스토이 대안 학교가 있다.

'신'이라는 단어가 불편한 사람이나 아예 종교가 없는 사람이라면 질문의 방향을 좀 바꿔 보아도 괜찮지 않을까? 진리란 무엇인가, 혹은 정의란 무엇인가……. 여러 사람과 어우러져 올바른 삶을 살아가야 한다는 점에서는 맞닿는 지점이 분명 있을 것이다.

이렇듯 톨스토이의 민화는 기독교 사상을 바탕으로 작가의 생각을 촘촘히 담아내고 있다. 종교적 이념 위에서 바람직한 삶의 태도를 추구한다고나 할까.

톨스토이의 기독교적 세계관에 동의를 하든 하지 않든, 우리는 그가 그려낸 이야기를 읽으며 연신 고개를 끄덕이게 된다. 바야흐로 마음속 깊이 공감을 하며 우리의 인생을 돌아보게 되는 것이다. 그것이 바로 톨스토이 문학이 지닌 강렬한 힘이다.

더불어, 우리 이웃과 사회가 지닌 고통과 슬픔을 곰곰 생각하게 된다. 바보처럼 순수한 작품 속 주인공들의 이야기에 스르르 마음을 열고 진하디 진한 감동을 받는다. 탐욕을 부리는 삶은 고통스럽고 추하다든가, 괴로움에 처한 이웃에게 기꺼이 도움의 손길을 뻗어야 한다는 생각은 비록 우리가 살아온 시대가 다르고 사는 곳이 달라도 결코 놓치지 말아야 할 삶의 태도이며 참된 가치가 분명하기 때문이다.

현실과 이상의 괴리를
사랑으로 승화시킨 작가, 톨스토이

레프 N. 톨스토이는 1828년에 러시아의 야스나야 폴랴나에서 백작 집안의 넷째 아들로 태어났다. 두 살과 아홉 살 때 차례로 어머니와 아버지를 여의고 고모의 손에서 자랐으나, 열세 살 무렵에 고모 역시 세상을 떠났다.

그는 어릴 적부터 다른 이의 불행을 마치 자신의 일인 양 몹시 슬퍼하였다. 심지어는 자기가 쓴 이야기를 읽고도 눈물을 흘릴 정도로 감수성이 무척 예민했다.

열여섯 살에 카잔 대학 동양어학부에 입학했으나, 학교에 적응하지 못하고 방탕한 생활을 일삼았다. 스물세 살 무렵에는 형의 충고에 따라 군에 입대하여 오 년 정도 복무했다. 군 생활 중 처녀작인 《유년 시대》를 썼으며, 이 작품을 잡지 《동시대인》에 연재하면서 작가로서 첫발을 내딛었다.

제대 후에는 작품 발표와 결혼, 학교 설립 등 그 어느 때보다 바쁜 삶을 살았다. 그중에서도 서른 살의 나이에 당시 열여덟 살 이던 소피아 안드레예브나를 신부로 맞아 가정을 이룬 일은 그에게 평온함과 활기, 구속감을 동시에 안겨 주었다.

결혼 후 고향으로 돌아온 톨스토이는 서른여섯 살이던 1864년에 《전쟁과 평화》를 쓰기 시작했다. 그리고 삼 년 여의 노력 끝에 총 세 권으로

명성에 비해 무척이나 소박한 톨스토이의 무덤. 사치를 경멸했던 톨스토이는 자신이 세상을 떠난 후 비석을 세우는 일조차 거부했다.

톨스토이가 마지막으로 숨을 거둔 아스타포보 역의 모습과 톨스토이의 죽음을 다룬 신문 기사.

이루어진 대작을 완성하였다. 이 작품은 귀족들의 생활과 국내외 전투 등 역사적 사건과 더불어 인간의 다양한 감정을 절묘하게 결합시킨 세계 최고의 문학 작품으로 평가받는다.

이때 톨스토이는 작품을 완성한 뒤 밀려오는 공허감 속에서 철학과 교육, 그리스 어 연구 등에 몰두했다. 그리고 이러한 혼란 속에서 《안나 카레니나》를 써 내려갔다.

그는 나이가 들수록 민중들을 위한 예술 작품을 쓰고자 노력했다. 삶의 방황과 절망을 구제한 것은 신앙과 민중이었기 때문이다. 신앙 속에서 삶의 길을 모색하던 그는 다양한 종교의 교리를 연구하기도 했으며, 〈사람은 무엇으로 사는가〉를 비롯해 많은 단편들을 이즈음에 발표했다.

아내 소피아는 집안의 재산을 보호하고자 톨스토이의 저작권을 포함한 모든 재산권을 관리했다. 톨스토이는 물질에 집착하는 아내에게 크게 실망하였고, 두 사람은 끊임없이 마찰을 빚었다. 그러나 톨스토이 부부는 끝내 합의를 보지 못했다.

1899년에 톨스토이는 그의 대표작 《부활》을 완성했다. 톨스토이의 자서전을 쓴 프랑스 소설가 로맹 롤랑은 이 작품을 두고 "인간에 대한 고민의 가장 아름다운 시"라고 극찬했다.

만년에 톨스토이와 가족들의 골은 더욱 깊어져만 갔다. 기독교적 이상주의를 실천에 옮길 수 없었던 그는 여든두 살이던 1910년 10월, 아내에게 편지를 남기고 방랑의 길을 떠나기 위해 가출을 했다.

　그러나 며칠 뒤, 안타깝게도 병에 걸려 주저앉고 말았다. 결국, 1910년 11월 7일에 아스타포보라는 시골 기차역에서 쓰러져 쓸쓸하게 숨을 거두었다.

푸른숲
징검다리
클래식
0 4 3

톨스토이 단편선

첫판 1쇄 펴낸날 2017년 11월 27일
　　6쇄 펴낸날 2024년 4월 15일

지은이 레프 N. 톨스토이　　**옮긴이** 박형규
발행인 김혜경　　**편집인** 김수진
주니어 본부장 박창희
편집 박진홍 정예림 강민영
디자인 전윤정 김혜은
마케팅 최창호　　**홍보** 김인진
경영지원국 안정숙
회계 임옥희 양여진 김주연

펴낸곳 (주)도서출판 푸른숲
출판등록 2003년 12월 17일 제2003-000032호
주소 경기도 파주시 심학산로 10, 우편번호 10881
전화 031) 955-9010　　**팩스** 031) 955-9009
이메일 psoopjr@prunsoop.co.kr　　**인스타그램** @psoopjr
홈페이지 www.prunsoop.co.kr

ⓒ푸른숲주니어, 2017
ISBN 979-11-5675-153-3　44890
　　　978-89-7184-464-9 (세트)